DER EARL VON ZENNOR

DIE LIGA DER SCHURKEN

BUCH XVIII

LAUREN SMITH

Übersetzt von
CORINNA VEXBORG

ISBN: 978-1-960374-35-6 (E-Book-Ausgabe)

ISBN: 978-1-960374-36-3 (Druckausgabe)

❧ I ❧

Penzance, England, April 1822

»WEIßT DU, WAS MIT DIR NICHT STIMMT, TRYSTAN?«

Trystan Cartwright, der Earl of Zennor, wölbte eine dunkle Augenbraue zu einem der beiden Männer, die ihm am Tisch in der schmutzigen kleinen Taverne gegenüber saßen.

Graham Humphrey, ein blondhaariger Gentleman mit grauen Augen, in denen ein gefährlicher Schalk lag, grinste Trystan an. Sein Begleiter war Phillip, der Earl of Kent, ein ernsthafter Mann mit einem so ehrlichen Wesen, dass er Trystans und Grahams schurkisches Verhalten wettmachte. Graham und Phillip waren zwei seiner vertrautesten Freunde, die einzigen, die ihn im Zaum halten konnten, wenn seine Rücksichtslosigkeit aus dem Ruder lief.

»Was?«, fragte Trystan in einem lakonischen Ton, während er sein Glas hob und den Scotch darin hinunterstürzte.

»Du bist gelangweilt. Du wirst gereizt, wenn du nichts zu tun hast«, bemerkte Graham.

»Er hat nicht Unrecht«, fügte Phillip hinzu. »Und oft sind die Dinge, mit denen du dich unterhältst, keine, die ich empfehlen würde.« Er zögerte, bevor er in einem vorsichtigeren Ton fortfuhr. »Was du brauchst, ist eine Frau.«

Trystan schnaubte. »Nein, noch nicht. Vielleicht niemals. Ehefrauen können nützlich sein, aber sie sind kaum unterhaltsam. Sie sind Fesseln, die die Männer an frühe Gräber binden.«

»Ehefrauen können Türen öffnen, die Männer nicht öffnen können«, sagte Phillip weise. »Nimm dir eine Frau, die so erzogen wurde, dass sie mit den Gepflogenheiten der Gesellschaft vertraut ist, Frauen wie Audrey St. Laurent oder Lady Lennox, die über Kenntnisse in Wirtschaft und Politik verfügen. Sie haben viel Macht und Einfluss, nicht nur in weiblichen Kreisen.«

»Aber was soll ich denn mit Macht und Einfluss anfangen? Ich habe selbst schon genug davon«, antwortete Trystan. »Außerdem kann man jede Frau in ein

Gesellschaftswesen verwandeln. Füttere sie mit dem richtigen Text, stecke sie in die richtigen Klamotten, und sie passt wie eine Gans zu einer Gänseschar.«

»Machst du Witze? Man kann nicht einfach irgendeine nehmen und sie in eine Lady verwandeln. Ladys werden von Geburt an dazu erzogen, auf eine bestimmte Weise zu denken und sich zu verhalten«, argumentierte Graham.

»Vielleicht ist das das Problem. Vielleicht unterhalte ich mich lieber mit einem Straßenjungen als mit einer langweiligen Lady der gehobenen Gesellschaft. Sie langweilen mich alle.«

Graham gluckste. »Du brauchst eine *Geliebte*, keine Ehefrau, offensichtlich«, sagte er und nahm einen Schluck von seinem Bier. »Mätressen sind amüsant, aber man braucht Geld, um sie bei Laune zu halten. Meine letzte Mätresse hat mich ein Stadthaus und die Hälfte der Juwelen Londons gekostet, um sie bei Laune zu halten.« Graham runzelte die Stirn, als hätte er bis zu diesem Moment nicht wirklich an die Kosten gedacht. Das war zu erwarten gewesen. Graham dachte die Dinge selten richtig durch. Er tat einfach, wozu er Lust hatte, ohne Rücksicht auf die Konsequenzen. Das war der Grund, warum er und Trystan so gut miteinander auskamen.

Trystan seufzte. »Ich fürchte, selbst Mätressen langweilen mich.« Sein Blick wanderte durch die schäbige kleine Taverne. Die schmuddelige Tapete blätterte an einigen Stellen ab, die Tische mussten mehr als nur gründlich geschrubbt werden, und der Mann, den sie für die Getränke bezahlt hatten, sah aus, als hätte er ein paar Runden in einem Faustkampf hinter sich.

Trystan bevorzugte ihren üblichen Club, Boodle's, aber sie waren weit weg von London und auf dem Weg zu seinem Zuhause in Zennor, was bedeutete, dass die Zahl der seriösen Gasthäuser schrumpfte, je weiter sie sich von der Zivilisation entfernten. Zennor war trotz seiner ländlichen Lage gar nicht so schlecht, so viel konnte Trystan zugeben. Das Haus seiner Vorfahren lag an der Küste von Cornwall, und er mochte es, wie der Wind vom Meer herüberwehte und wie das tiefblaue Wasser in weißen Schaum zerbarst, wenn es gegen die felsigen Klippen prallte, die das Meer säumten.

So sehr er auch die Vergnügungen einer Stadt wie London genoss, fühlte er sich doch unbestreitbar zu seinem Zuhause hingezogen, und die vielen Räume des weitläufigen Herrenhauses waren voller Erinnerungen an eine abenteuerliche, wenn auch manchmal einsame Jugendzeit. Nachdem seine Mutter gestorben war, als er gerade mal ein Junge von zehn Jahren gewesen war, waren er und sein Vater sich sehr nahe gekommen. Er hatte gelernt, das Land und das Haus zu schätzen, das erst vor wenigen Jahren sein Eigentum geworden war, als sein Vater einen Schlaganfall erlitten hatte und seiner Mutter gefolgt war.

Nach dem Tod seines Vaters hatte sich Trystan mit relativer Leichtigkeit in das Leben eines Grafen eingefügt. Er verschwendete das Vermögen seiner Familie nicht mit Alkohol, Glücksspiel oder anderen Lastern. Seine Rücksichtslosigkeit äußerte sich in dem, was ihn unterhielt ... normalerweise etwas, das Phillip dazu veranlasste, die Stirn zu runzeln und ihm einen Vortrag über Verantwortung zu halten. Seine beiden alten Schulfreunde waren der sprichwörtliche Engel und der Teufel auf seinen Schultern, die ihm abwechselnd Versuchung und Mäßigung einzutrichtern versuchten, was auf seine eigene Art und Weise ein Vergnügen war.

Trystan ließ seinen Blick erneut durch die Taverne schweifen, diesmal mit Blick auf die Anwesenden. Jeder hier kam direkt aus einem entbehrungsreichen Leben. Die meisten sahen aus wie Hafenarbeiter oder Seeleute. Es war möglich, dass sogar noch einige Piraten das Dorf am Meer ansteuerten.

Als Aristokraten hoben sich Trystan, Graham und Phillip von der Masse ab und ernteten deshalb mehr als nur ein paar neugierige Blicke von den brutaleren Männern, die sich am Kamin auf der gegenüberliegenden Seite des Raumes versammelt hatten. Die spekulativen Blicke, die diese Männer in seine Richtung warfen, könnten zu Problemen führen, was Trystan nur zum Lächeln brachte.

Vielleicht würden diese Männer sie angreifen, in der Hoffnung auf ein paar Münzen. Wäre das nicht eine schöne Abwechslung? Er könnte eine gute Schlägerei gebrauchen. Er hatte jahrelang in Jacksons Salon mit den besten Boxern Londons trainiert und hatte es sogar geschafft, dem legendären Earl of Lonsdale ein paar gute Schläge zu verpassen.

Graham winkte den Barkeeper herbei, um ihnen mehr Bier zu bringen. »Was du brauchst, mein Freund, ist eine Herausforderung.«

»Das tue ich, aber mir fällt nichts ein, was mein Interesse wecken könnte.« Er strich sanft mit einer Fingerspitze über den glatten Rand seines Bechers.

»Wie wär's mit einer Wette?«, sagte Graham.

Phillip verdrehte die Augen. »Ihr zwei und eure verdammten Wetten. Hast du denn gar nichts gelernt, als du das letzte Mal den Bären in der Hundekampfarena befreit hast?«

Trystan lachte. »Ich habe noch nie so viele Männer gesehen, die wie Kinder schreiend davonliefen, als das arme Tier freikam«, sagte er. »Du musst aber zugeben, dass wir etwas Gutes getan haben, Phillip. Dieser Bär hätte niemals in Ketten gehalten und gezwungen werden dürfen, so zu kämpfen.«

Phillip schloss seine Augen und rieb sie mit Daumen

und Zeigefinger. »So sehr es mich schmerzt, es zuzugeben, ja, aber der einzige Grund, warum niemand zu Tode gebissen wurde, war dieser schottische Kerl, der dort war, um die Lage zu beruhigen. Wenn er nicht so gut mit Tieren umgehen könnte, hätte man euch beide töten können und die Bestie auch.«

Trystan erinnerte sich nur zu gut an jenen Abend und an die Welle der Macht, die er verspürt hatte, als er das Tier befreite und zusah, wie es die Männer verfolgte, die es gequält hatten. Aber Phillip hatte recht, der Bär hätte irgendwann jemanden getötet, wenn Aiden Kincade nicht da gewesen wäre, um die Kreatur zu beruhigen und sie in einer Kutsche vor dem Lagerhaus einzufangen, wo das Tier festgehalten wurde.

»Ende gut, alles gut. Der Bär ist jetzt in Schottland, und wir sind immer noch hier, um wieder einmal auf etwas Lächerliches zu wetten.« Er war jedoch alles andere als überzeugt, dass es etwas Neues gab, auf das er wetten konnte und das ihn lange unterhalten würde.

Ein Servierjunge brachte ihnen noch mehr Bier und knallte die Krüge so heftig auf den Tisch, dass das Bier aus den Bechern schwappte.

»He, da! Pass doch auf, Junge!«, schnauzte Trystan den Jungen an.

»Passen Sie auf sich selbst auf, Mylord!«, konterte der Junge scharf und schlenderte zurück zur Bar.

»Unverschämter Bursche«, bemerkte Graham. »Wie ich schon sagte ...«

In der Nähe der Bar gab es einen lauten Knall. Der Junge war gestolpert, und ein Tablett mit Bechern lag nun zerbrochen auf dem Boden.

»Dummkopf!« Der Wirt schwang eine Hand und schlug dem Jungen hart ins Gesicht. Der Junge sackte mit einem spitzen Schmerzensschrei auf dem Boden zusammen.

Trystan, Graham und Phillip spannten sich an.

»Er war unverschämt, aber das hat er nicht verdient«, sagte Graham.

»Mach das noch mal und ich verkaufe dich an den Puff!«, brüllte der Wirt. Er trat dem Jungen in die Rippen, als dieser auf Händen und Knien die Scherben einsammelte. Er fiel auf den Rücken, und seine Mütze löste sich, so dass sein langes dunkles Haar in einem unordentlichen, öligen Knäuel zu Boden fiel.

»Verdammte Scheiße ... Das ist ja ein Mädchen«, murmelte Trystan zu seinen Freunden, während sie alle verblüfft auf die Kreatur am Boden starrten. Sie war klein, hatte schmutzige Wangen, war nicht im Geringsten attraktiv und hatte eine bissige Zunge, aber sie war trotzdem ein Mädchen und hätte nicht so geschlagen werden dürfen.

»Wenn du versuchst, mich zu verkaufen, schneide ich dir dein verdammtes Herz heraus und verkaufe es an den

Schlachter, du Bastard!«, schleuderte das Mädchen dem Wirt entgegen. Trotz seiner besten Absichten musste Trystan über den Mut des Mädchens lächeln.

»Das ist ein Mädchen mit Feuer im Bauch«, sagte Graham. »Das ist ein Weibchen, das niemals zu einer ruhigen, fügsamen Lady der Gesellschaft gezähmt werden würde.« Er lachte, aber Trystan lachte nicht.

Er starrte das Mädchen an, als sie ein Stück eines zerbrochenen Bechers aufhob und es dem Wirt entgegenschleuderte. Die Tonscherbe zerschellte an der Wand neben dem kahlen Kopf des Mannes. Dann rannte sie nach draußen, bevor das brüllende Schwein sie einholen konnte.

Eine Sekunde lang war es still im Schankraum. Dann ging alles wieder seinen gewohnten Gang, es wurde gelacht, gejohlt und getrunken. Das kleine Teufelsweib war weg, und niemanden schien es zu kümmern.

»Das ist ja toll. Ein Drink *und* eine Show«, sagte Graham.

Trystans Lippen zuckten, als er auf die Tür starrte, durch die das Mädchen einen Moment zuvor verschwunden war.

»Mein Gott, er hat schon wieder diesen Blick«, murmelte Phillip.

Graham war weniger besorgt und sah Trystan hoffnungsvoll an. »Was ist denn? Was hast du vor?« Er kannte seinen Freund zu gut.

Trystan lehnte sich in seinem Stuhl zurück, ein selbstgefälliges Lächeln breitete sich auf seinem Gesicht aus, und er griff nach seinem Becher mit Bier.

»Ich wette, ich kann aus diesem Welpen in einem Monat eine richtige Lady machen.«

»*Die da*? Die Höllenkatze, die gedroht hat, einem Mann das Herz herauszuschneiden? Ich habe nur gesagt, dass man aus so einem Mädchen unmöglich eine Lady machen kann«, kicherte Graham. »Du solltest aufpassen, dass sie dir das deine nicht rausschneidet.«

»Ja, *die da*.« Trystan lächelte verrucht bei dem Gedanken an eine solche Herausforderung.

»Wenn du es schaffst, aus ihr eine richtige Lady zu machen, eine, die es mit einer Herzogin wie Emily St. Laurent aufnehmen könnte, dann zahle ich dir zweihundert Pfund.« Graham bot die große Summe Geld an, als ob sie kaum eine Rolle spielen würde.

»Leg noch den schwarz-roten Zweispänner und dein schnellstes Wallachpaar dazu, und ich nehme die Wette an«, bot Trystan an.

Graham sah ihn nachdenklich an. »Wie wäre es, wenn wir es interessanter machen? Der Ball von Lady Tremaine ist in einem Monat. Wenn du das Mädchen zum Ball mitbringst und sie alle täuschen kann, hast du gewonnen. Aber wenn *irgendjemand* ihre Verkleidung durchschaut und du versagst, schuldest du mir ...« Graham zog seine nächsten Worte mit boshafter Freude in die Länge. »Die Besitzurkunde für dein Jagdhaus in Schottland. Das stelle ich mir ziemlich gut vor.«

»Es steht viel auf dem Spiel, genau wie ich es mag.« Trystan gluckste. Dass er so viel zu verlieren hatte, steigerte nur die Spannung der Wette, und seine Freunde wussten das.

»Jetzt aber Moment mal«, warf Phillip ein. »Dies ist eine *Frau*, wenn auch eine grobe und ungehobelte. Wir müssen ein paar Regeln aufstellen, um den Anstand zu wahren.«

»Regeln?« Graham spottete im selben Moment, als Trystan antwortete: »Anstand?«

»Ja«, sagte Phillip nachdrücklich. »Wenn ihr beide tut, was ihr vorhabt, wird diese Frau unter deiner Kontrolle sein, Trystan. Du wirst für sie verantwortlich sein. Das bedeutet, dass du sie nicht zur Geliebten machen oder sie ausnutzen darfst. Du musst auch an ihre Zukunft denken. Welchen Grund hätte sie, deine Bedingungen zu akzeptieren, und was wirst du tun, wenn die Wette vorbei ist? Sie in diese Bar zurückschicken und ihr sagen, sie soll weitermachen wie bisher?«

Trystan lachte. »Glaubst du wirklich, dass ich diese *Kreatur* ausnutzen würde? Himmel nochmal, Phillip, ich habe Ansprüche. Ich dachte, sie sei ein verdammter Junge, um Himmels willen. Der kleine Wildfang hat von mir nichts zu befürchten. Ich werde sie nicht anfassen. Nicht einmal, wenn sie mich anfleht, und nicht, wenn ich nicht selbst meinen Verstand verliere.« Er kicherte immer noch bei dem Gedanken. Er konnte sich die Frauen aussuchen, mit denen er sein Bett teilte, und er würde sich ganz sicher nicht für eine blutrünstige Rinnsteinpflanze wie die Kreatur entscheiden, die er gerade gesehen hatte.

»Gut.« Phillip entspannte sich. »Ihr müsst *beide* mit diesem Mädchen mit einem gewissen Sinn für Anstand und Ritterlichkeit umgehen.«

Trystan schnaubte, und Graham lachte nur in seinen Bierkrug.

»Genug geredet«, sagte Graham. »Mach dich an die Arbeit, Trystan. Hol dir das Mädchen, und dann machen wir uns auf den Weg.«

Trystan stand auf, nahm sich Zeit, seine Weste abzustauben, und ging dann zum Wirt hinüber. Er stützte sich mit den Armen auf die Theke und beugte sich vor, um mit ihm zu sprechen.

»Gehört dieser Wildfang dir?«, fragte er den Mann.

»Wildfang?« Der Wirt schien von dem Wort verwirrt zu sein.

»Ja, das Mädchen, das du wie einen verhungerten Hund getreten hast.«

Der schwergewichtige grauhaarige Mann kratzte sich am Kinn und musterte Trystan misstrauisch mit zusammengekniffenen Augen. »Und wenn sie mir gehört?«

»Dann möchte ich sie dir abkaufen.« Trystan erwartete, dass der Mann sich zumindest ein wenig für die Behandlung des Mädchens interessierte oder zumindest so tun würde, als würde er sich dafür interessieren, was Trystan mit ihr machen würde, aber er fragte nicht einmal nach Trystans Absichten.

»Wie viel sind Sie bereit zu zahlen?«

Trystan starrte den Mann an, bevor er nach seinem Geldbeutel griff und fünfzig Guineen auf den Tisch warf.

»Das sind fünfzig«, sagte Trystan.

Der Mann schmatzte mit den Lippen und beschloss, sein Glück zu versuchen. »Ich könnte das Doppelte mit ihr verdienen, wenn ich sie an den Puff verkaufe, und dazu noch Beteiligung an dem, was sie einbringt.«

»Keine Madame in einem Bordell würde ihren Gewinn mit dir teilen. Sie würde das Mädchen kaufen, und damit wäre die Sache erledigt. Das wissen wir beide. Und sie würde dir sicher keine fünfzig Guineen für das Mädchen zahlen.«

»Dann legen Sie noch fünf drauf. Sie ist schließlich meine Stieftochter, und ich liebe sie sehr.«

Trystan stieß einen verärgerten Seufzer aus. »Da bin ich mir sicher, alter Knabe.« Er legte weitere fünf Guineen daneben. Dann kehrte er zu seinen Freunden am Tisch zurück und trank seinen Becher Bier aus.

»Wie viel hat sie dich gekostet?«, fragte Graham und versuchte, sein verschlagenes Grinsen zu verbergen.

»Fünfundfünfzig Guineen.« Er würde keine einzige

Münze davon vermissen, nicht in Anbetracht der Aufregung um seine Wette.

Graham pfiff. »Teures Mädchen.«

Phillip blickte in den Himmel und erschauderte. »Ihr zwei seid absolute Barbaren.«

»Vielleicht sind wir das, aber es wird eine große Herausforderung sein.« Trystan lächelte genüsslich. »Ich nehme an, du kommst mit uns, um auf das Mädchen aufzupassen und ihr Kindermädchen zu spielen?«

Sein Freund stieß einen müden Seufzer aus, aber in seinen Augen lag ein Hauch von Humor. »Das sollte ich wohl besser tun. Obwohl, ich würde sagen, ihr zwei seid diejenigen, die ein Kindermädchen brauchen.«

Trystan ignorierte Phillips Bemerkung und sah sich im Schankraum um. »Nun, um die kleine Höllenkatze zu finden ...« Er ging zur Tür, und seine beiden Freunde folgten ihm. Er war etwas betrunkener, als er gedacht hatte, aber er freute sich auf das Abenteuer, diese Höllenkatze in eine feine Dame zu verwandeln.

BRIDGET RINGGOLD KAUERTE AN DER SEITE DER Taverne, in Schatten gehüllt, während sie ihre Wunden versorgte. Der Schlag ihres Stiefvaters hatte ihre Lippe aufplatzen lassen, und ihre Rippen schmerzten. Sie hätte verdammtes Glück gehabt, wenn da nichts gebrochen war. Nach dem Tritt, den sie bekommen hatte, würde ihre Brust in ein paar Stunden lila sein. Das Blut füllte ihren Mund mit einem üblen Geschmack, und es brannte jedes Mal, wenn sie mit der Zunge über ihre Lippe fuhr.

Sie zitterte im frischen Herbstwind, der vom Meer herüberwehte. Sie wünschte sich verzweifelt, sie könnte sich zurück in die Küche schleichen und sich aufwärmen, aber die Wahrscheinlichkeit, dass ihr Stiefvater sie wieder finden und schlagen würde, war zu groß. Das bedeutete, dass sie heute Nacht in den Ställen schlafen würde.

Bridget musste einen Weg aus dieser Stadt heraus und in ein neues Leben finden, eines, das sie nicht auf dem Rücken liegend in einem Bordell verbringen musste. Sie war alt genug, um auf sich allein gestellt zu sein - sie war neunzehn -, aber sie hatte nur wenige Möglichkeiten. Sie konnte ein wenig kochen und putzen, aber beides nicht gut genug, um ihren Lebensunterhalt zu verdienen. Es hatte viele Männer gegeben, die ihr einen Heiratsantrag gemacht hatten, aber keiner von ihnen war gut oder anständig. Einer war mit ziemlicher Sicherheit ein Pirat gewesen. Wäre doch nur ihre Mutter noch hier gewesen, um ihr einen Rat zu geben, ihr zu helfen, ihren Weg im Leben zu finden, entweder durch einen Rat oder indem sie ihr helfen würde, jemanden zu finden, mit dem sie ihr Leben teilen könnte.

Ihre Mutter war vor zehn Jahren gestorben, und Bridget hatte einen Stiefvater, der ein Biest war. Sie war zu jung gewesen, um von ihrer Mutter die Fähigkeiten zu erlernen, die eine Frau lernen sollte, und war zu sehr damit beschäftigt, die Gefahren des Lebens mit einem Mann wie ihrem Stiefvater zu überstehen.

Sie stieß sich von der Seite der Taverne ab, überquerte den kopfsteingepflasterten Hof und lief in die Ställe. Auf dem Dachboden darüber war es ruhig, und niemand kam jemals dort hinauf, abgesehen von dem gelegentlichen Stallburschen, der das Heu für die Pferde nach unten warf. Bridget kletterte die Leiter hinauf und kroch durch die Heuhaufen, bis sie das Nest aus Decken fand, das ihr Bett bildete. Im letzten Jahr hatte sie die Decken hier und da von betrunkenen Reisenden geklaut, die sich nicht um die Sachen in ihrer Kutsche kümmerten, während sie in die Taverne gingen, um etwas zu trinken.

Sie suchte nach dem Stoffbeutel, in dem sich ihre wenigen Schätze befanden, etwas, das sie jeden Abend aus Gewohnheit tat, bevor sie sich schlafen legte. Der Kamm und der Spiegel stammten von ihrer Mutter, zusammen mit einigen Münzen mit Abbildern von Tieren, die sie selbst aus Holz geschnitzt hatte.

Die Leute, die durch Penzance kamen, scheinen ihre

Figuren zu mögen. In den letzten Jahren war es ihr gelungen, jede Woche drei oder vier von ihnen zu verkaufen oder zu tauschen, was ihr ein wenig Geld einbrachte, um sich zusätzliche Lebensmittel und Kleidung zu leisten, als sie älter wurde. Sie trug nie Kleider. Abgesehen von den Kosten für die Anfertigung von Kleidern war es einfacher und sicherer, Männerhosen zu tragen. Die Einheimischen wussten, dass sie eine Frau war, aber mit ihrem schmutzigen Gesicht und den unter eine Mütze gestopften Haaren gelang es ihr, das Interesse der meisten Männer, die durch die Taverne gingen, zu vermeiden, während sie Getränke servierte.

Selbst die schicken Gentlemen heute Abend hatten es nicht bemerkt, als sie ihnen die Drinks serviert hatte. Sie hatte die Männer aus den Augenwinkeln beobachtet und war ziemlich nervös gewesen, als ihr Stiefvater ihr befohlen hatte, ihnen mehr Bier zu bringen. Aber sie hatte getan, was sie immer tat, wenn sie nervös wurde - sich selbstbewusster zu geben, als sie sich fühlte. Sie konnte es sich nicht leisten, eine zerbrechliche Blume zu sein; sie durfte ihre Stärke oder ihr Selbstvertrauen nicht nur vortäuschen.

Aber das war ein Fehler gewesen. Die drei Männer hatten ihr wegen ihrer Unverschämtheit mehr Aufmerksamkeit geschenkt, als sie es beabsichtigt hatte. Sie waren ein stattlicher Haufen mit ihren fein bestickten Westen und polierten Stiefeln, die im Lampenlicht schimmerten. Sogar derjenige, der schwer auf einen Stock gestützt hereingekommen war, war ein hübscher Kerl. Männer sollten nicht *so* attraktiv sein, dachte Bridget mit einem Stirnrunzeln. Besonders der mit dem dunklen Haar und den honigbraunen Augen. Er hatte eine Intensität an sich, die ihr überhaupt nicht gefiel, als ob er die Gedanken anderer lesen könnte, indem er sie einfach nur ansah. Der Kerl war gefährlich.

»Aber ich bin hier draußen, und sie sind da drinnen«, murmelte sie vor sich hin. Niemand hatte sie jemals auf dem Dachboden gestört, weil niemand daran dachte, in den Heuhaufen zu schauen.

Sie war damit beschäftigt, den Rest ihres Besitzes zu betrachten, darunter auch ein kleines Tranchiermesser, das hinten in der Tasche verstaut war. Als sie sich vergewissert hatte, dass ihre Schätze in Sicherheit waren, legte sie sich zum Schlafen nieder und zog ihre Decken über sich. Sie hörte, wie die Pferde unten leise wieherten, während sie Hafer und Heu fraßen. Das Krabbeln von Mäusen irgendwo auf den Dachsparren erschreckte sie nicht, sondern sagte ihr nur, dass sie in Sicherheit war. Mäuse waren immer dann unterwegs, wenn niemand anderes in der Nähe war.

Sie hatte die Augen geschlossen und begann zu träumen, als die Mäuse aufhörten zu wuseln und es im Stall still wurde. Einen Moment später flüsterten sich leise Stimmen unter ihr etwas zu.

»Sie muss hier drin sein. Ich sah sie über den Hof gehen, als wir herauskamen«, sagte ein Mann. Seine kultivierte Stimme erkannte sie wieder, sie gehörte zu einem der feinen Herren. Seine Stimme war sanft wie warmer Brandy, und sie erinnerte sich, dass seine Augen die gleiche Farbe hatten. Bridget schlüpfte unter ihren Decken heraus und bewegte sich lautlos auf dem Boden des Dachbodens, um über den Rand zu schauen. Drei Männer standen in der Mitte der Ställe und sahen sich um.

Bridget duckte sich so weit wie möglich, um nicht von ihnen gesehen zu werden.

»Trystan, es ist niemand hier«, sagte einer der anderen Männer.

»Sie ist hier«, sagte der erste Mann mit einem leisen Kichern. »Nicht wahr, du kleine Höllenkatze? Komm raus, Kind! Ich habe dich von diesem Ungeheuer gekauft, der behauptet, dein Stiefvater zu sein, und ich bin hier, um mit dir über deine Zukunft zu sprechen.«

»Trys, du wirst sie erschrecken. Sag doch dem Mädchen erst, was du mit ihr vorhast, sonst denkt sie, dass du ihr Schaden zufügen willst«, argumentierte einer der Männer.

Der Dachboden vibrierte, als der Mann begann, die Stufen der Leiter heraufzusteigen. Bridget hätte die Leiter wegschubsen und den Mann hinunterwerfen können, aber das hätte ihr keinen einfachen Fluchtweg gelassen. Wenn sie versuchen würde, sich fallen zu lassen, würde sie sich höchstwahrscheinlich einen Knöchel oder das Genick brechen, und sie war schon verletzt genug.

Schnell kramte sie in ihrer Tasche, bis sie ihr Schnitzmesser fand. Es war eine kleine Klinge, aber sie konnte sie trotzdem schneiden, wenn sie etwas versuchten. Aber ihre beste Chance war, überhaupt nicht gesehen zu werden.

Der Mann erreichte den Dachboden und suchte die schummrige, mit Heu bedeckte Plattform ab. In den Ställen war es gerade so dunkel, dass er sie vielleicht übersehen könnte.

Bitte lass ihn mich nicht sehen, bitte.

Sie hielt den Atem an, und das Blut rauschte so laut in ihren Ohren, dass sie kaum etwas anderes hören konnte.

»Hab ich dich!« Mit den Füßen immer noch auf der obersten Sprosse der Leiter stehend, stürzte sich der Mann auf sie. Bridget wich zurück, aber eine seiner Hände packte ihren Knöchel und zog sie zu ihm. Sie trat mit dem Fuß nach ihm und erwischte sein Kinn. Er stöhnte vor Schmerz, ließ aber nicht los. Stattdessen schien ihr Kampf ein neues Feuer in ihm zu entfachen. Er kletterte ganz nach oben auf den Dachboden und versuchte, sie zu packen. Bridget hob das Messer gerade, als er auf ihr landete, und sie spürte, wie die Klinge über seinen Arm schrammte.

»Mein Gott, sie hat ein Messer!« Der Mann brüllte, als er sie flach auf den Boden drückte.

Er ergriff ihr Handgelenk, hielt die Hand, die das Messer hielt, fest und drückte sie hart auf den Boden neben ihrem Kopf.

»Lass es los, du Wildfang!«

»Nein!«, spuckte sie.

»Lass los!« Sein Griff wurde so fest, dass der Schmerz allein sie zwang, das Messer fallen zu lassen. Sein Griff lockerte sich augenblicklich, und der Schmerz ließ nach.

»Äh ... hör mal, Trystan. Wir müssen uns beeilen«, sagte einer der Freunde des Mannes. »Es sieht so aus, als ob wir das Mädchen entführen würden, obwohl das nicht der Fall ist. Ich möchte nicht lange hier bleiben, damit wir nicht in Schwierigkeiten geraten. Unser Wagen steht bereit.«

Trystan starrte auf sie herab, sein hartes Gesicht war zu perfekt für jeden Mann, besonders für einen, der so böse war wie der Teufel selbst.

»Hör zu, kleine Katze«, knurrte er. »Ich habe dich heute Abend von diesem Schwein gekauft, das behauptet, dein Stiefvater zu sein. Ich habe nicht vor, dir etwas anzutun, außer dir den Hintern zu versohlen, wenn du es noch einmal wagst, auf mich einzustechen.«

»Ich bin keine Hure!« Bridget spuckte wütend aus.

»Wage es nicht, mich anzufassen!«

»Dessen bin ich mir sehr bewusst«, antwortete er. »Und deshalb habe ich dich nicht gekauft. Komm mit mir runter, und meine Freunde und ich werden dir erklären, was ich mit dir vorhabe.«

Bridget wollte nirgendwo mit einem Mann hingehen, den sie nicht kannte, geschweige denn mit *dreien*.

»Fahr zur Hölle«, schnauzte sie, aber sie war sich nur allzu bewusst, dass er auf ihr war und mit ihr machen konnte, was er wollte, wenn er wollte. Sein Gewicht erdrückte sie nicht, aber sie wurde von seinem Körper vollständig auf den Boden gepresst. In ihrem Unterleib flatterte etwas Wildes, das ihr ein seltsames Gefühl gab.

»Graham, such mal ein Stück Seil, bitte. Die kleine Katze weigert sich, ihre Krallen zurückzuziehen«, rief Trystan über seine Schulter einem der beiden Männer zu, die unten warteten.

»Miss ...«, rief die Stimme des dritten Mannes sanft. »Wir wollen Ihnen wirklich nichts Böses.«

Bridget spuckte aus: »Du versuchst, mich verdammt noch mal zu rammeln. Daran ist nichts Unschuldiges.« Ihr Protest verstummte, als Trystan die Augen verdrehte und ihr ein zusammengeknülltes Taschentuch in den Mund steckte.

»So, das ist schon besser.« Er packte ihre beiden Handgelenke mit einer Hand und zerrte sie zur Leiter. Sie wehrte sich tapfer, und er schien bald zu erkennen, dass er sie nicht die Leiter hinunterzwingen konnte. Er spähte über den Rand des Dachbodens, und bevor sie ihn aufhalten konnte, hob er sie hoch und warf sie einfach nach unten.

Sie kreischte und landete eine Sekunde später in einem Wagen mit Heu direkt unter ihr. Trystan kletterte die Leiter hinunter und zog sie aus dem Heu.

»Das Seil, Graham.« Trystan streckte seine Hand aus.

Derjenige, der sich nicht auf einen Stock stützte, reichte Trystan eine Seilrolle, mit der ihr Entführer ihre Handgelenke fest zusammenband. Dann hielt er sie fest, wobei eine starke Hand ihren Arm umfasste. Sie war gefesselt wie ein Schaf zum Schlachten.

»Wir müssen sie in die Kutsche bringen. Ich will nicht, dass der Wirt doch noch seine Meinung ändert. Sie hat zu viel Temperament, um in einem Bordell zu landen«, verkündete Trystan.

Von seinen Worten verwirrt, stolperte sie, als Trystan sie schob, um seinen beiden Begleitern in die wartende Kutsche zu folgen. Sie geriet in Panik und versuchte, den Knebel auszuspucken. Ihre Tasche, ihre Sachen ... alles, was sie auf der Welt hatte, war noch im Stall. Tränen liefen ihr über das Gesicht, was einer der Männer bemerkte.

»Wir werden dir nichts tun«, sagte derjenige, der sich auf seinen Stock stützte. Seine Augen waren sanft, als er sie ansah. »Bitte weinen Sie nicht, Miss. Alles wird gut werden. Und jetzt bitte nicht schreien. Ich gebe Ihnen mein Wort, dass Ihnen niemand etwas antun wird.« Er nahm ihr das Taschentuch aus dem Mund, als sich die beiden anderen Männer setzten. Der dunkelhaarige Teufel namens Trystan wählte den Platz direkt neben ihr, und plötzlich wurde ihr durch die Wärme seines Körpers warm.

»Bitte, bitte, Mylord. Mein Beutel ... Da ist alles drin, was ich besitze.«

Trystan hob ihren Stoffbeutel hoch. »Meinst du den hier?«

Sie seufzte erleichtert auf. »Ja, das ist er.«

»Ich bin versucht, ihn nach Waffen zu durchsuchen«, überlegte er, als er begann, den Sack zu öffnen.

»Trystan, also wirklich. Lass doch das Mädchen in Frieden, ja?«, sagte der freundliche Mann. Dann drehte er sie zu sich um. »Mein Name ist Phillip Wilkes. Ich bin der Earl of Kent.«

»Ein Earl ...?« sagte Bridget und entspannte sich ein wenig. Einerseits schien es unvorstellbar, dass ein Mann von hoher Geburt ihr etwas antun würde. Andererseits bedeutete dies auch, dass niemand etwas tun konnte, um sie aufzuhalten, wenn sie es doch tun wollten.

»Das ist richtig. Der Mann neben dir ist Trystan Cartwright, der Earl of Zennor.«

»Zwei Grafen? Verteilen sie heutzutage einfach Titel an jeden?«

Kent schmunzelte und nickte dem dritten Mann zu. »Und das ist Graham Humphrey.«

»Nicht so schick wie deine Freunde. Kein Titel zum Herumfuchteln?«, spöttelte sie. Grahams graue Augen verengten sich auf sie.

»Manche von uns *brauchen* keinen Titel, mit dem sie herumfuchteln können. Manche von uns sind auch ohne sie unartig genug«, warnte Graham sie. Aber irgendetwas an ihm machte ihr nicht so viel Angst, wie es hätte sein sollen. Er schien ein Mann zu sein, der eine Frau eher necken und zum Lachen bringen würde, als sie zu bedrohen.

Trystan brach in Gelächter aus. »Herr, das wird ein Spaß!«

»Spaß? Was haben Sie mit mir vor?«, wollte Bridget wissen. »Ich werde dein Bett nicht teilen, wenn das ...«

»Um Himmels willen, nein! Da sind wir uns einig«, tönte Trystan, bevor er dramatisch erschauderte. »Nein, nein, meine kleine Höllenkatze. Graham und ich haben eine Wette abgeschlossen, über *dich*.«

Das gefiel Bridget gar nicht. Wetten wurden entweder von gelangweilten oder verzweifelten Männern abgeschlossen, und mit beiden wollte sie nichts zu tun haben.

»Ich habe einen Monat Zeit, um aus dir eine anständige Dame zu machen, Miss ... Herr, ich weiß nicht einmal deinen Namen.«

»Mein Name ist Bridget. Bridget Ringgold. Und was meinst du mit einer richtigen *Lady*?«, wiederholte Bridget und sprach das Wort betont langsam aus. »Warum sollten Sie das tun?«

»Weil ich mich langweile«, sagte Trystan.

Ein gelangweilter Gentleman. Es war, wie sie befürchtet hatte.

»Ich bin keeene Puppe, die man anziehen und mit ihr spielen kann«, argumentierte sie.

»Es heißt *keine*, und ja, du bist meine Puppe, Mädchen. Ich *habe dich gekauft*. Im nächsten Monat werde ich dich anziehen und dir Dinge beibringen, die du tun sollst. In einem Monat wirst du gehen, reden und aussehen wie eine Herzogin, bei Gott. Am Ende wirst du wahrscheinlich in der Lage sein, einen Mann vor einen Priester zu zerren, und du wirst ein viel besseres Leben haben als das, welches du gerade führst. Du wirst ein Loblied auf mich singen, anstatt zu versuchen, mich in ein Nadelkissen zu verwandeln.«

Sie hatte ganz vergessen, dass sie ihn mit ihrer Klinge gestochen hatte, aber er schien nicht verletzt zu sein.

»Du bist ja gar nicht verletzt, Mylord. Wenn du das wärst, würdest du alles vollbluten«, sagte sie säuerlich und wünschte sich insgeheim, sie hätte besser gezielt und ihm ins Herz gestochen.

»Ich *bin* verletzt, aber ich werde mich später darum kümmern.« Er nickte in Richtung seines Ärmels, und sie erkannte, dass sie seinen Mantel bis hinunter zu seinem Fleisch durchgeschnitten hatte. Selbst im schummrigen Licht der Kutsche konnte sie jetzt sehen, dass er blutete. Welcher Mann könnte einen solchen Schmerz verbergen, wenn er verletzt war? Bridget verfiel in ein besorgtes Schweigen.

»Trystan hat Recht«, sagte Kent. »In einem Monat werden Sie über ganz neue Fähigkeiten verfügen. Ich gehe davon aus, dass Sie einen Mann finden werden, der Ihnen einen Heiratsantrag macht und Ihnen ein schönes Leben mit schicken Kleidern, einer Kutsche, die Ihnen zur Verfügung steht, und einem Leben ohne Sorgen bieten kann. Wäre das nicht schön?«

Sie warf Kent einen säuerlichen Blick zu. »Und wer sagt, dass ich einen Mann brauche?«, schoss sie zurück.

Diesmal war Graham derjenige, der lachte. »Mein Gott, du hast recht, Trystan. Das wird ein Spaß.«

Für sie war das vielleicht lustig, aber Bridget wollte mit dieser albernen Wette nichts zu tun haben. Sie würde den Vorteil eines Daches über dem Kopf und etwas Gutem zu essen nutzen, während sie ihren nächsten Schritt plante. Vielleicht würde sie ein wenig von dem feinen Tafelsilber klauen, das der Snob zweifellos besaß, und mit dem Geld, das ihr das Silber einbringen würde, ein neues Leben beginnen. Dann würde *sie* diejenige sein, die lachte.

❧ 2 ❧

Bridget wartete ab, was sich jedoch als schwierig erwies. Sie war noch nie gut darin gewesen, geduldig zu sein. Das war eine ihrer zahlreichen Schwächen, und sie war sich dessen nur allzu bewusst, während sie ihren natürlichen Drang zu zappeln bekämpfte. Die Fahrt dauerte weitere drei Stunden, und gerade als die Morgendämmerung am Horizont auftauchte, hielt die Kutsche an einem Gasthaus an, um den Pferden Zeit zum Ausruhen zu geben.

»Sag mir, dass wir eine Weile bleiben, Trys.« Graham grummelte wie ein müdes Kind.

»Wir könnten weiterreisen«, schlug Trystan vor.

Zu Bridgets Erstaunen schien er sich von seinem Schlafmangel nicht beeindrucken zu lassen, während

Bridget, Graham und Kent alle darum kämpften, wach zu bleiben.

»Wir könnten.« Kent presste sich eine Faust auf den Mund, während er ein Gähnen unterdrückte. »Aber ganz ehrlich, ich bin erschöpft. Seit wir London verlassen haben, haben wir nicht mehr geschlafen. Ein paar Stunden hier zu bleiben, wird uns nicht schaden.«

Bridget gähnte, wie auch Kent gegähnt hatte. »Ich könnte auch ein wenig Schlaf gebrauchen, Mylord. Ich habe den ganzen Tag und die ganze Nacht im Dienste von Herren wie Ihnen gearbeitet und dafür nichts als den einen oder anderen Klaps bekommen. Ich habe mich schon lange nicht mehr richtig ausgeruht.«

»Ich stimme zu, lass doch das Mädchen mal ausruhen«, sagte Kent diplomatisch. »Wir könnten gegen Mittag weiterfahren. Das würde uns etwa sechs Stunden Zeit geben, uns zu erholen.« Kent war bei weitem ihr Liebling unter den drei Männern. Sie hatte beschlossen, mit seinem Titel an ihn zu denken, denn er war ein echter Gentleman, anders als die beiden anderen Snobs, die sie in den Wahnsinn trieben.

Trystan, der somit überstimmt worden war, stieß einen gequälten Seufzer aus. »Also gut.«

Er sprang aus der Kutsche und sprach mit dem Fahrer. Graham folgte ihm. Kent schenkte Bridget ein verschlafenes Lächeln, kletterte dann hinaus und reichte ihr seine Hand. Bridget starrte auf ihre gefesselten

Handgelenke, als sie aufstand und sich an den Türrahmen der Kutsche lehnte.

»Vorsichtig, meine Liebe. Erlauben Sie mir«, sagte Kent. Er überlegte es sich anders, ergriff stattdessen sanft ihre Taille und ließ sie auf den Boden sinken.

»Danke, Mylord«, sagte Bridget und fühlte sich seltsam schüchtern. Sie hatte schon oft gesehen, wie ein Gentleman einer Lady half, aber sie war noch nie eine dieser Damen gewesen. Einen Moment lang hatte Kent sie so behandelt, als wäre sie es, und das hatte etwas Geheimnisvolles und Erfreuliches an sich.

Im fahlen Morgenlicht sah sie, wie Graham müde zur Tür des Gasthauses stapfte. Trystan reichte dem Kutscher ein paar Münzen und klopfte dem Mann mit dem Handschuh auf die Schulter, bevor er sich in ihre Richtung drehte.

»Gehen wir hinein, Miss Bridget. Sind Sie hungrig? Ich könnte Ihnen etwas als Frühstück bringen lassen«, schlug Kent vor.

»Ich bin fast verhungert. Ein bisschen Proviant würde Wunder bewirken.« In Wahrheit hatte ihr Magen in den letzten Stunden heftig geknurrt.

Kent zwinkerte ihr zu. »Dann also ein bisschen was zu essen.«

Trotz ihres Misstrauens gegenüber diesen drei Aristokraten musste sie zugeben, dass Lord Kent nett genug war, sie freundlich zu behandeln und nicht wie ein Stück

Eigentum, im Gegensatz zu Trystan. Sie warf ihrem dunklen Peiniger einen Blick zu, während er ihnen folgte.

Als sie den Gemeinschaftsraum des Gasthauses betraten, fanden sie ihn bis auf ein paar verschlafene Reisende leer vor.

»Ich werde uns ein paar Zimmer sichern«, sagte Trystan zu Kent. »Du bleibst bei ihr.«

Kent führte Bridget zu einem Tisch und winkte ein Dienstmädchen heran, um die Bestellung aufzugeben.

»Bitte bringen Sie uns vier Portionen von dem, was auch immer Sie haben.« Ken drückte dem Dienstmädchen einige Münzen in die Hand. Die Augen der jungen Frau weiteten sich, und sie eilte mit einem fröhlichen Grinsen davon.

Bridget hob auf dramatische Weise ihre gefesselten Hände und ließ sie mit einem dumpfen Knall auf den Tisch fallen, dann begegnete sie Kents erschrockenem Blick.

»Würden Sie mich vielleicht losbinden, Mylord? Oder haben Sie vor, mich mit einem Löffel zu füttern?«

Kent dachte über ihre Bitte nach und griff dann über den Tisch. Mit geschickten Fingern löste er die Knoten und befreite ihre Hände. Bridget rieb sich die Handgelenke und warf Kent einen mörderischen Blick zu, als er das Seil aufrollte, bevor er es auf den Tisch zwischen ihnen legte.

»Ich versichere Ihnen, dass es sich nur um eine harmlose Wette handelt. In einem Monat werden Sie eine schöne Garderobe und eine kleine Mitgift haben, die Sie jedem Mann anbieten könnten, der Sie heiraten möchte, oder Sie könnten gehen und Ihr eigenes Leben leben. Das dürfte doch besser sein als die Arbeit, die Sie in dieser erbärmlichen Kneipe hatten.«

Er hatte nicht Unrecht, aber Bridget hatte die Vorstellung immer gehasst, dass der Platz einer Frau in der Welt von den Männern um sie herum bestimmt wurde.

»Es mag unglücklich gewesen sein, Mylord, aber es war *mein* Unglück. Jetzt haben Sie mich von zu Hause weggeholt und entführt.«

Kent lächelte ironisch. »Trystan ist kein Mann, der die Dinge richtig oder gar vernünftig angeht.«

»Er ist ein Snob, genau wie Sie. Reiche Männer wie er sind daran gewöhnt, ihren Willen durchzusetzen, und lassen sich nicht gerne abwimmeln.«

Kent räumte diesen Punkt ein. »Stimmt. Aber er ist ein guter Mann, das versichere ich Ihnen. Sie können von seinen Lektionen, wie man eine richtige Dame ist, nur profitieren.«

Sie schnaubte undamenhaft, und Kents Augen funkelten amüsiert. Das Serviermädchen kam mit zwei Tellern zurück, auf denen Roastbeef, Eier und ein fragwürdiges Fischgericht lagen. Bridget bediente sich an dem Fleisch, den Eiern und dem Brot und überließ Kent den Teller mit dem Fisch. Er aß es klaglos, aber als Graham und Trystan zu ihnen stießen, bot er ihnen schnell etwas von seinem restlichen Essen an.

Graham stocherte mit einer Gabel in dem Fisch herum. »Was soll das sein? Bücklinge?«

»Ich bin mir nicht ganz sicher. Es ist essbar«, sagte Kent. »Aber nicht so appetitlich.«

Bridget fuhr fort, ihr eigenes Essen zu genießen, aber ihr Kauen verlangsamte sich, als sie bemerkte, dass Trystan sie mit einem kalkulierten Glanz in den Augen beobachtete, der ihr überhaupt nicht gefiel.

»Langsam, Bridget. Niemand wird Ihnen Ihr Essen wegnehmen. Sie essen wie ein wildes Tier.«

Ihre Wangen waren vom Essen aufgeplustert. Sie war daran gewöhnt, dass sie nur die Reste von dem bekam, was übrig blieb, nachdem die Kunden sich für die Nacht zurückgezogen hatten, was nie genug war. Essen, zumindest anständiges Essen, das sie sich leisten konnte, war immer knapp. Sogar der alte Hund, der hinter dem Gasthaus herumhing, fraß manchmal besser als sie. Trystan rückte am Tisch näher an sie heran, griff nach der Gabel, die sie in der Faust hielt, und nahm sie ihr vorsichtig ab. Sie schluckte das Essen in ihrem Mund herunter, so dass sie nicht mehr wie ein Streifenhörnchen aussah.

»Können Sie lesen?«, fragte er.

»Natürlich kann ich das«, sagte sie stolz.

»Ausgezeichnet. Immerhin steckt eine gewisse Intelligenz in Ihnen.« Er hielt ihr die Gabel hin, um sie ihr zu zeigen. »Sehen Sie, wie ich sie halte? Tun Sie so, als wollten Sie damit schreiben. Ich bete, dass ich nicht zu vermessen bin, anzunehmen, dass Sie auch schreiben können?«

Sie nickte. »Meine Mutter hat mir die Buchstaben beigebracht, als ich klein war, aber nachdem sie gestorben ist, hatte ich keine Zeit mehr zu üben.«

»Ich verstehe ...«, seufzte Trystan leise. »Das sagt mir zumindest, wo Ihre Herausforderungen liegen werden.«

»Ihnen sollte klar sein, dass ich besser lesen und schreiben kann als halb Penzance«, schoss sie zurück. »Meine Mutter hat mich gut erzogen, so gut sie konnte, Gott hab sie selig.« Sie hatte noch nie richtig essen oder sprechen müssen, aber nun saß sie hier mit diesen Gentlemen, die ihr zeigten, dass sie nicht nur *eine* Sache, sondern *viele* Dinge falsch machte.

»Da bin ich mir sicher«, stimmte Kent in beruhigendem Tonfall zu. »Aber es ist leicht zu lernen.«

Bridget bezweifelte das. Sie war die meiste Zeit ihres Lebens damit aufgewachsen, auf eine bestimmte Weise zu sprechen, zu handeln und zu essen. Wenn diese Männer glaubten, sie könne sich in weniger als einem Monat völlig verändern, waren sie dumm.

»Versuchen wir, auf die *richtige* Art zu essen.« Trystans große Hände legten die Gabel in ihre Finger und passten ihren Griff an. Bridget fühlte sich gedemütigt und versuchte, die Gabel so zu halten, wie er es ihr gezeigt hatte. Zum Glück wandte er sich wieder seinen Begleitern zu und überließ es ihr, kurz über diese neue Art zu essen nachzudenken.

»Hast du dir schon eine Geschichte ausgedacht, die du erzählen wirst, wenn wir das Mädchen zu Lady Tremaines Ball mitbringen? Wir müssen ihre Anwesenheit irgendwie erklären«, sagte Graham, während er einen der Teller mit Essen zu sich heranzog.

Trystan schnitt ein Stück von seinem Roastbeef ab und nahm einen Bissen. »Darüber habe ich nachgedacht.«

Bridget tat ihr Bestes, um ihn zu imitieren, und beobachtete genau, wie er sein Besteck benutzte. Er tat es mit einem Gentleman-Flair, das so einfach aussah, aber ihre Finger fühlten sich unbeholfen an, wenn sie versuchten, Gabel und Messer so zu halten, wie er es tat.

»Meine Großtante, Lady Helena, wird eine ausgezeichnete Anstandsdame sein. Sie lebt in der Nähe meines Anwesens in der Witwenkate.«

Graham kicherte wie ein kleiner Junge. »Nicht die alte Frau, die halb taub ist und dieses absurde Hörrohr mit sich herumträgt?«

»Ja, *diese* Tante.« Trystan ignorierte Grahams Schadenfreude. »Ich habe einen entfernten Cousin in Yorkshire, der ein bisschen älter ist als ich und die

Gesellschaft meidet wie die Pest. Ich werde sagen, dass dieses Kind seine Tochter ist und dass ich mich bereit erklärt habe, sie in dieser Saison in die Gesellschaft einzuführen.«

»Das sollte funktionieren«, stimmte Kent zu. »Wir müssen dafür sorgen, dass Bridget deinen Stammbaum gut genug kennt, um die Geschichte, die du dir ausdenkst, aufrechtzuerhalten.«

Bridget versuchte zuzuhören, während sie weiter übte, die Gabel so zu halten, wie Trystan es ihr zeigte. Es fühlte sich umständlich an und war weit weniger effektiv, um das Essen von ihrem Teller dorthin zu bringen, wo es hingehörte - in ihren Mund. Frustriert ließ sie schließlich die Gabel klappernd auf den Teller fallen und verschränkte missmutig die Arme vor der Brust.

»Schon fertig?«, sagte Graham. Sie streckte ihm die Zunge heraus.

»Mach das noch einmal, und ich lege dich übers Knie. Wenn du dich wie ein Kind benimmst, werde ich dich auch wie eines behandeln«, warnte Trystan mit leuchtenden, whiskeyfarbenen Augen.

Bridget schluckte und duckte sich. Es war besser, bei ihm klein beizugeben, sonst könnte er genau das tun, was er versprochen hatte. Bridgets Bauch war noch weitgehend leer, als die Männer aufstanden. Ihre eigenen Teller waren leergegessen, aber ein paar Stücke Brot waren zurückgeblieben. Sie griff nach dem Brot und steckte es in die Taschen ihres schäbigen Mantels, als die drei Männer nicht aufpassten.

»Zeit, schlafen zu gehen.« Graham streckte sich und verließ die anderen ohne ein Wort in Richtung seines Zimmers.

Kent blieb zurück. »Wie viele Zimmer hast du eigentlich ...?«

»Eines für dich und Graham und eines für mich und das Küken zum Teilen.«

»Trystan ...«, protestierte Kent.

»Sie wird weglaufen, sobald sie die Gelegenheit dazu bekommt. Stimmt's, kleine Katze?«, fragte Trystan.

Bridget, die nicht damit gerechnet hatte, dass der Mann ihre geheimen Pläne so leicht erraten würde, konnte ihre Reaktion nicht verbergen. Sie erstarrte und machte große Augen, als Trystan versuchte, ihren Arm zu nehmen.

»Hah, siehst du? Die kleine Katze hatte die Absicht zu fliehen, nicht wahr, Schätzchen?« Bei Trystans dunkles Glucksen kniff Bridget die Augen zusammen.

»Ich bin nicht dein Schätzchen«, zischte sie. »Nenn mich noch einmal so und ...«

»Und was?« Trystan überragte sie, sein dunkles Haar fiel ihm über die Stirn. Plötzlich verspürte sie den Drang, es mit den Fingern wegzuschieben. Erschrocken und mehr als beunruhigt von diesem vorübergehenden Drang, trat Bridget zurück. Ihm so nahe zu sein, brachte ihren Magen ins Wanken. Ihr wurde fast übel, aber nicht auf die übliche Art und Weise. Sie schluckte und sah weg, brach den Blickkontakt ab. Sie würde ihn diese kleine Schlacht gewinnen lassen, aber sie war entschlossen, den Krieg zu gewinnen.

»Bist du sicher, dass du dich um sie kümmern kannst?«, fragte Kent. »Und damit meine ich, höflich zu ihr zu sein?«

Trystan und Kent starrten sich einen langen Moment an. »Ich werde sie so gut behandeln, wie sie mich behandelt. Wenn sie sich höflich verhält, werde ich auch höflich sein.«

Kents Schultern sanken herab. »Bringt euch einfach nicht gegenseitig um, das ist alles, worum ich euch bitte.«

Trystan schenkte ihm ein verwegenes Grinsen. »Ich verspreche, dass wir beide die Nacht überleben werden. Wir sehen uns dann mittags wieder hier unten.« Trystan nickte Kent zu, während er Bridget fest am Arm packte und sie mit sich nach oben zog.

Sie wurde kurzerhand in ein leeres Zimmer mit zwei schmalen Betten geschoben. Ohne ein Wort zu sagen, zog Trystan seinen Mantel aus, warf ihn über einen Stuhl und krempelte die Ärmel hoch. Er packte das Ende seines Bettes am hölzernen Kopfteil und zog es quer durch den Raum, bis es so vor der Tür stand, dass diese sich nicht mehr öffnen lassen würde.

Verdammte Hölle ... Der Mann dachte wirklich an alles, nicht wahr?

»Na also«, murmelte er zufrieden, während er die versperrte Tür studierte. Dann begann er, seine Weste aufzuknöpfen, und ließ sie von den Schultern fallen. Fassungslos kauerte Bridget hinter ihrem kleinen Bett und beobachtete ihn. Sie hatte schon einige halb bekleidete Männer gesehen, meist Betrunkene, die aus der Taverne ihres Stiefvaters geschleppt wurden. Aber keiner von ihnen war wie dieser gebaut gewesen. Sein Körper war wie aus Marmor gemeißelt, und ihn mit nacktem Oberkörper zu sehen, war irgendwie anders als bei den anderen Männern. Das Flattern in ihrem Bauch wurde stärker, und sie legte eine Handfläche auf ihren Unterleib, um das seltsame Gefühl zu lindern.

Trystan zog sich das Hemd über den Kopf und stand da, den Stoff lose über den Arm drapiert, wobei die olivfarbene Haut seiner Brust die harten Muskeln zeigte, bei deren Anblick Bridget ein wenig schwindelig wurde. Er war geradezu unanständig, wie er da halbnackt stand. Ein dünner roter Schnitt zierte die Haut seines linken Arms, und ein wenig Blut war an der Stelle verschmiert, an der der Stoff des Hemdes über die Wunde gerieben hatte.

»Siehst du etwas, das dir gefällt?«, fragte er mit einem dunklen Kichern.

»Ganz. Und. Gar. Nicht.« Sie sprach jedes Wort mit deutlicher Abscheu aus.

Trystan gluckste. »Deine Nase rümpft sich, wenn du lügst«, bemerkte er.

Er warf sein Hemd über den einzigen Stuhl im Zimmer und setzte sich auf sein Bett, um seine Stiefel auszuziehen. Als er fertig war, durchquerte er das Zimmer und ging zum Waschtisch, wo eine Porzellanschüssel und ein Krug mit Wasser vor einem kleinen Spiegel standen. Er wusch das Blut von seinem Arm und betrachtete den Kratzer im Spiegel.

»Ich habe dich gut gepiekst, nicht wahr?«, sagte sie mit ein wenig Stolz.

»*Gepiekst* ist das Schlüsselwort«, stimmte er zu. »Gott sei Dank müssen wir uns also keine Sorgen um deine mörderischen Talente machen. Ich glaube nicht, dass es jetzt noch viel mehr bluten wird.« Er sagte dies mehr zu sich selbst als zu ihr. »Geh in dein Bett, Höllenkatze, und schlaf gut. Du wirst es brauchen. Sobald wir Zennor erreicht haben, wirst du eine intensive Ausbildung in allen Aspekten des Lebens einer gut geborenen Frau beginnen. Je schneller du lernst, desto mehr kannst du dich ausruhen, aber wenn du nicht lernst, wird es umso schwieriger für dich sein.«

»Warum tust du das?«, wagte sie zu fragen.

»Weil ich mich weigere, meine Wette gegen Graham zu verlieren. Ich mag mein Jagdhaus in Schottland sehr, und ich würde es nur ungern an ihn verlieren, nur weil du dich weigerst, wie eine Dame zu essen, zu sprechen und dich zu verhalten.«

Bridget zweifelte nicht daran, dass dieser Mann sie in den Wahnsinn treiben würde, wenn sie nicht aufpasste. Er schien ein Mann zu sein, der über mehr Energie verfügte als die meisten anderen.

Sie schlug die Bettdecke zurück und kletterte hinein, immer noch vollständig bekleidet. Sie wollte dem Mann nicht die Gelegenheit geben, sie auszunutzen. Sie schloss die Augen und hörte, wie sein Bett knarrte, als er sich zurücklegte und langsam ausatmete. Bridget wog ihre Chancen ab, durch das Fenster zu entkommen, gegen die, dass er sie dabei erwischte. Irgendwann zwischen der Planung ihres ersten und ihres zehnten Fluchtplans schlief sie ein.

TRYSTAN WARTETE, BIS ER HÖRTE, WIE DER ATEM DES Mädchens ruhiger wurde, und entspannte sich dann endlich. Er war überzeugt, dass sie versucht hätte zu fliehen, aber er vermutete, dass sie während ihres Lebens und ihrer Arbeit in der Taverne nur sehr wenig Schlaf bekommen hatte, genauso wie sie nur sehr wenig zu essen bekommen hatte. Sie war nicht unterernährt, aber sie hatte sicher nicht genug zu essen bekommen. Das hatte sich vorhin gezeigt, als sie das Essen in einem Tempo hinuntergeschaufelt hatte, das er nicht für möglich gehalten hatte. Sie hatte sogar ein paar Brotstücke für später in ihren Manteltaschen verstaut.

Er würde eine Dame aus ihr machen. Und obwohl die Ausbildung streng sein würde, würde er sie viel besser behandeln, als sie es in der Taverne in Penzance erfahren hatte. Sobald sie in seinem Haus in Zennor angekommen waren, würde er sie baden und schrubben und ihre Maße für die Schneiderin nehmen lassen, dann würde er die Herausforderungen, denen er sich gegenübersah, genau einschätzen. Er lag noch eine Weile wach und überlegte, wie er die Wette am besten gewinnen könnte. Er konnte nicht zulassen, dass Graham ihm seine Lieblingsjagdhütte wegnähme.

Trystan fühlte sich nicht besonders müde, nicht wie die anderen. Er war von der Leidenschaft, die ihm dieses neue Unternehmen vermittelte, wie besessen. Er konnte es kaum erwarten, die Gesichter der Männer und Frauen auf dem Ball von Lady Tremaine zu sehen, wenn er ihnen Bridget vorstellte. Seine kleine Höllenkatze würde sich in eine sanfte englische Rose verwandeln, ein sittsames Geschöpf in den exquisitesten Kleidern, und ihre Stimme wäre eine träge Liebkosung für das Ohr eines jeden Mannes. Gentlemen würden sich um einen Platz auf ihrer Tanzkarte prügeln. Die Frauen würden entweder vor Neid erblassen oder verzweifelt versuchen, ihre Freundin zu werden. Sie wäre ein echtes *Original*, und die Londoner Gesellschaft liebte einfach Originale. Trystan würde sich insgeheim darüber amüsieren, dass er ganz London zum Narren gehalten hatte, indem er einer wilden Höllenkatze beibrachte, die Rolle einer Dame zu spielen.

Ein Lächeln umspielte Trystans Lippen, als er sich seinen Triumph auf dem Ball vorstellte. Graham wusste es besser, als eine solche Wette gegen ihn einzugehen. Er war zwar ein Meister des Unfugs und ein rücksichtsloser Schurke, aber er war auch gut ausgebildet in Sachen Etikette und allem, was zu einem Adeligen gehörte, mehr noch als Graham. Als erstgeborener Sohn hatte er die Ausbildung zum Erben eines Anwesens erhalten, während Graham als der Ersatzerbe in seiner Familie in solchen Angelegenheiten weniger Aufsicht durch seine Eltern gehabt hatte.

Trystan schlief vier Stunden und wachte dann völlig ausgeruht auf. Er achtete darauf, keine Geräusche zu machen, als er sich anzog. Das Mädchen schlief immer noch, und es gefiel ihm, wie ruhig es war, wenn sie ihn nicht anschrie oder ihn mit ihrer kleinen Klinge stach.

Verlockt von dem Gedanken, dass er sie im Schlaf besser betrachten könnte, schlich er sich zu ihrem Bett. Er stützte sich mit einer Hand an der Wand über dem Kopfende des Bettes ab, um auf sie hinuntersehen zu können. Schmutzschlieren bedeckten ihr Gesicht, und ihr fettiges Haar steckte in einem Wirrwarr von Nadeln unter der Mütze, die ihr im Schlaf vom Kopf gerutscht war. Er verdrehte die Augen. Sie hatte sich vor dem Schlafengehen nicht einmal gewaschen.

Aber etwas an ihrem Gesicht faszinierte ihn. Sie war nicht schön, nein, aber sie war interessant. Mit ihrem kecken Kinn, dem herzförmigen Gesicht und den schräg gestellten Augen mit den langen dunklen Wimpern hatte sie eine angenehme Mischung von Eigenschaften. Ihre Lippen waren weder zu prall noch zu dünn. Ihr Gesicht hatte Charakter. Ein Mann könnte sie den ganzen Tag lang fasziniert anschauen und beobachten, wie sich ihre Mimik veränderte.

Einige Frauen hatten sehr wenig Ausdruck. Sie saßen brav da, mit leeren, nüchternen Blicken, die Trystan nicht zu Leidenschaft oder auch nur beiläufigem Interesse bewegten. Solche Frauen waren für ihn völlig uninteressant. Und Frauen *sollten* interessant sein. Sie waren das schönere Geschlecht; ihre Anziehungskraft und ihr Geheimnis sollten für Männer unwiderstehlich sein. Und doch waren viel zu viele für ihn nicht mehr als hübsche Statuen.

Die wenigen Frauen, die er bewunderte, scheuten sich nicht, politische, wirtschaftliche oder sogar philosophische Diskussionen zu führen. Doch die meisten Frauen hielten den Mund und spielten die Rolle, die die

Gesellschaft von ihnen erwartete, was Trystan stets tief enttäuscht und gelangweilt zurückließ.

Wenn er sich eine Geliebte nahm, schenkte er ihr seine Konversation, seine Zeit, sein Interesse, sein Engagement, nicht nur seinen Körper in ihrem Bett - obwohl letzteres das einzige zu sein schien, woran die meisten von ihnen interessiert waren.

Die kleine Höllenkatze bewegte sich im Schlaf, und dann flatterten ihre Augenlider plötzlich auf. Die schläfrige, bezaubernde Müdigkeit verschwand, als sie merkte, dass er über ihr aufragte, während sie in ihrem Bett lag. Sie schwang ihre Faust und verpasste ihm einen kräftigen Schlag ins Auge.

»Verdammte Scheiße, Frau!«, brüllte er, als er einen Schritt zurücktaumelte und sich das Auge zuhielt. Der Schmerz strahlte von seiner Augenhöhle bis hinunter zu seinem Wangenknochen. Das würde auf jeden Fall blaue Flecken geben, und Graham würde in den nächsten Tagen immer wieder darüber herziehen.

»Warum hast du dich so über mich gebeugt, du großer Trottel?«

»Trottel?« Er wiederholte das Wort ungläubig. Der Mund dieser kleinen Kreatur - und ihr buntes Vokabular - mussten korrigiert werden.

»Das hast du verdient, das hast du. Sich so über eine Frau zu beugen.« Sie setzte sich auf, die Fäuste immer noch erhoben.

Trystan fluchte leise vor sich hin und wandte sich dem Waschtisch zu. Sein Auge war rot und sein Gesicht begann um die Einschlagstelle herum bereits anzuschwellen. Graham würde ihm das niemals durchgehen lassen. Kent wäre verständnisvoller, aber er würde zweifellos ein wenig zu sehr darüber kichern.

»Es war *deine* Schuld«, fuhr Bridget fort. Er ballte die Fäuste und schloss die Augen, nur um bei dem Schmerz zusammenzuzucken.

»Benutz den Nachttopf, wenn du musst, und komm dann runter in den Schankraum, wenn du zum Aufbruch bereit bist«, sagte er, anstatt all die bunten Ausdrücke zu verwenden, die er der kleinen Höllenkatze am liebsten entgegengeschleudert hätte. Er schob das Bett aus dem Weg und verließ den Raum, damit sie sich allein um ihre Bedürfnisse kümmern konnte.

Er fand Kent und Graham bereits wach vor und aß ein wenig zu Mittag.

»Wo ist denn das Küken?«, fragte Graham. »Hast du sie schon verloren?«

»Nein, natürlich nicht.«

»Trystan ...«, begann Kent. »Ist dein Auge ...?«

»Die Höllenkatze hat mich geschlagen«, sagte er in einem Ton, der keine weiteren Fragen zuließ.

Graham, der aus einem Becher Ale getrunken hatte, spuckte über den Tisch hinweg aus, als er sich vor

Lachen verschluckte. Kent sah eher besorgt als amüsiert aus.

»Gibt es ... äh ... einen *Grund* dafür, dass sie dich geschlagen hat? Du hast doch nichts Unpassendes getan, oder?«, wagte Kent zu fragen.

Trystan wölbte eine Augenbraue. »Ich habe nur versucht, einen besseren Blick auf das Weibsbild zu erhaschen. Unter ihren Kleidern besteht sie zur Hälfte nur aus Erde. Ich dachte, sie schliefe friedlich, also wollte ich sie mir näher ansehen, aber sie wachte auf und sah, wie ich mich über sie beugte, und *bumm*!« Er schlug mit der Handfläche auf den Tisch, und Graham versuchte, seinen Becher aufzufangen, bevor sie umkippte.

»Und wo ist sie jetzt?«, fragte Kent.

»Über dem Nachttopf, und dann wird sie wohl versuchen, aus dem Fenster zu klettern.« Er griff über den Tisch, stahl den frischen Apfel von Grahams Teller und nahm einen Bissen, bevor er aufstand und zur Tür des Gasthauses ging. Als er nach draußen trat, verweilte er unter der Traufe des schrägen Dachs. Sein Zimmer befand sich genau über der Stelle, wo er stand. Kent und Graham schlossen sich ihm an, während er geduldig wartete.

»Vielleicht hat sie ...«, begann Graham, doch Trystan hob eine Hand, um ihn zum Schweigen zu bringen.

Einen Moment später knarrte das Dach über ihnen,

und dann erschien ein Paar Füße über der Kante, gefolgt vom Körper der kleinen Höllenkatze, die von der Dachkante hing und dann mit mehr Anmut zu Boden fiel, als Trystan erwartet hatte.

»Ahh, Bridget, da sind Sie ja. Ausgezeichnet.« Trystan trat aus dem Schatten hervor und ergriff ihren Arm, bevor sie davonlaufen konnte. »Wie nett von Ihnen, dass Sie gerade noch rechtzeitig zu uns stoßen, um die Kutsche zu besteigen.«

»Verdammte Hölle!« Sie schrie auf und versuchte, sich loszureißen.

Trystan verpasste ihr zwei leichte Schläge mit der Handfläche auf den Hintern, woraufhin sie zusammenzuckte und ihn anfunkelte, aber er sah eine andere Art von Hitze in ihren Augen. Die kleine Katze wusste es vielleicht selbst nicht, aber sie mochte es, Streicheleinheiten auf den Hintern zu bekommen. Er war erstaunt, dass sie ihn immer wieder überraschen konnte, und das machte dieses ganze Abenteuer lohnenswert.

»Kent, hol bitte Proviant, damit wir unterwegs essen können.« Dann begleitete er Bridget zur wartenden Kutsche und schob sie hinein. Sein linkes Auge schwoll zu, und er beschloss, die restliche Reise zu seinem Anwesen damit zu verbringen, Bridgets Bestrafung in Form ihrer ersten Lektionen als Lady zu planen. Der Gedanke daran zauberte ein verruchtes Lächeln auf seine Lippen.

✿ 3 ✿

*D*as ist also Zennor, ja?

Bridget stand vor den Stufen eines schönen Hauses, das größer war als alle anderen, die sie je gesehen hatte. Es war aus zerklüfteten grauen Steinen erbaut, die das mittelalterliche Herrenhaus ein wenig wie eine Burg wirken ließen.

Sie war noch nie in Zennor gewesen, obwohl es weniger als sieben Meilen von Penzance, der Stadt, in der sie ihr ganzes Leben verbracht hatte, entfernt lag. Auf dem Weg hierher war sie durch eine wunderschöne, aber trostlose Landschaft gefahren, und sie hatte sich in die sanften Hügel und die vorspringenden Klippen verliebt. Jetzt war sie auch von Trystans Haus ziemlich fasziniert.

Auf den Besitzer konnte sie natürlich verzichten,

aber sein Haus? Sie könnte den Rest ihres Lebens damit verbringen, das weitläufige Herrenhaus zu erkunden. Sie ließ sich nicht von dem Besitzer des Hauses faszinieren. Sie war von diesem Mann und seinen Freunden praktisch entführt worden, und obwohl sie versprachen, sie gut zu behandeln, stand es ihr nicht frei, zu gehen. Dennoch war sie zugegebenermaßen von diesem Ort bezaubert und war versucht, zu bleiben, um zu sehen, wie es war, in einem so großen Haus zu leben.

Die Fahrt hierher war für sie größtenteils schweigend verlaufen. Die Männer hatten sich miteinander unterhalten, große Worte benutzt und von Orten gesprochen, die sie nicht kannte. Selbst als Lord Kent versucht hatte, sie mit einzubeziehen, hatte sie ihr Kinn von ihnen weggehalten und aus dem Fenster geschaut, fest entschlossen, sich an der vorbeiziehenden Landschaft zu erfreuen. Sie wollte nicht, dass sie glaubten, sie würde diese Reise so weit weg von dem einzigen wirklichen Ort, den sie ihr Zuhause nannte, in irgendeiner Weise genießen.

Sie war auch durch die Hitze, die von Trystan ausging, abgelenkt worden, die ihren kalten Körper erwärmte und ihr mehr als bewusst machte, dass der Mann sie irgendwie ständig beobachtete, sie studierte, als ob er an all die Dinge dachte, die er tun würde, um aus ihr eine Lady zu machen. Der Schickimicki täuschte sich allerdings. Dennoch war sie versucht, die Rolle der

Lady zu spielen, wenn das bedeutete, eine Zeit lang in diesem Haus zu leben.

»Na, ist sie nicht eine Schönheit?«, seufzte sie, während sie verträumt zur Fassade des Hauses hinaufblickte.

»Sie ist es, *nicht wahr*«, sagte Trystan, und seine Stimme wurde sanfter, als er neben ihr stand. »Das ursprüngliche Haus war natürlich mittelalterlich. Angesichts der vielen Verbesserungen, die im Laufe der Generationen vorgenommen wurden, würde man das nie vermuten.«

»Was du nicht sagst? Mittelalterlich, ja?« Bridget grinste über seinen hochmütigen Ton.

Er warf ihr einen Seitenblick zu, den sie nicht deuten konnte. »Du wirst es mehr als ausreichend finden. Es wurde gründlich modernisiert und ist mit allem Komfort ausgestattet, den man sich nur wünschen kann.«

Bridget wusste nicht, warum ein vornehmer Lord *komfortable* Dinge brauchte, was auch immer das sein mochte, aber es war eindeutig etwas, worauf er stolz war. Sie hatte in ihrem Leben wenig Komfort erfahren, außer vielleicht die Wärme des Heus in den Ställen. Dennoch spürte sie die uralte Anziehungskraft dieses Ortes tief in ihren Knochen. Vielleicht lag es an den schönen Kastanienbäumen, die wie ein bewaldeter Pfeil den Weg zum Haus säumten, oder an der Art, wie der Sonnenuntergang auf den vielen Fensterscheiben glitzerte. All das war umgeben vom Rauschen des Meeres irgendwo jenseits des Hauses, was es irgendwie endlos erscheinen ließ. Als wäre es ein Ort am Rande der Welt, oder vielleicht am *Anfang* der Welt.

Plötzlich erinnerte sie sich an ihre Mutter, die ihr gegenüber auf dem Fußboden des Schlafzimmers saß und ein Buch mit Landkarten zwischen ihnen ausgebreitet hatte. Ihre Mutter hatte die Form des Ozeans am Rand der Karte nachgezeichnet.

»Früher glaubten einige Leute, die Welt sei flach. Wenn sie einen bestimmten Punkt auf der Karte erreichten, würden sie einfach in einen Abgrund stürzen.«

»Warum?«, hatte die kleine Bridget gefragt.

»Weil manche Menschen nicht an Dinge glauben können, die sie nicht sehen. Sie können nicht über den Rand einer Karte hinaussehen, also muss die Welt dort enden. Alles andere würde ihre Vorstellungskraft übersteigen. Aber ...« Ihre Mutter lächelte geheimnisvoll. »*Manche* Menschen können über den Rand der Landkarte hinausschauen und um die ganze Welt gehen, und wenn sie dann an den Ort zurückkehren, an dem sie begonnen haben, haben sie etwas über sich selbst und die Welt gelernt.«

»Haben sie alles über die Welt gelernt?«, fragte Bridget.

»Nein«, lachte ihre Mutter. »Keiner kann alles wissen.

Es wird immer noch viel zu entdecken geben, und das ist das Geschenk, das wir auf dieser Erde haben. Wir haben die Möglichkeit, unendlich viel zu erforschen und zu lernen, und können so zu besseren Menschen werden.«

Die Erinnerung verblasste, und ein heftiger Herzschmerz überkam Bridget. Sie legte eine Handfläche auf ihre Brust. Sie hätte alle Geheimnisse der Welt aufgegeben, nur um ihre Mutter wieder an ihrer Seite zu haben.

Ein Mann trat aus der Haustür und kam die Treppe herunter, um sie zu begrüßen. »Mylord.« Er war ein großer, schlanker Mann Anfang fünfzig, aber er bewegte sich kraftvoll und anmutig.

»Ah, Mr. Chavenage«, antwortete Trystan. »Bitte bereiten Sie zwei Gästezimmer für Graham und Philip und ein Zimmer für Miss Ringgold vor.« Trystans Lippen verzogen sich zu einem schiefen Grinsen, als er zwischen ihr und Mr. Chavenage hin und her blickte. Wenn der Mann von Trystans Befehlen schockiert war, zeigte er es nicht.

»Jawohl, Mylord. Und Miss Ringgold ist …« Der Mann musterte sie spekulativ.

Trystan verschränkte die Arme und warf ihr einen nachdenklichen, abschätzenden Blick zu, der ein tiefes Brennen in ihr auslöste. Bridget starrte ihn an.

»Ein Projekt. Bitte sagen Sie Mrs. Story, mich in meinem Arbeitszimmer zu treffen, um Anweisungen für die Pflege des Mädchens zu erhalten.«

Der Mann nickte und ging zurück ins Haus, während zwei stämmige junge Männer in Lakaienkleidung zur Kutsche herunterkamen und begannen, Reisekoffer vom Dach herunterzuziehen.

»Wer war das?«, fragte Bridget Lord Kent mit leiser Stimme, als Trystan und Graham das Haus betraten.

»Wer?«

»Dieser Kerl, Mr. Chavenage.«

»Oh«, kicherte Kent. »Das ist Trystans Butler. Er führt das Haus sehr effizient, ein guter Mann.«

»Und diese Story-Lady?«

»Mrs. Story ist die Haushälterin. Sie sind beide gerecht und freundlich, solange man sie auch so behandelt.«

Kent gab ihr sanft Ratschläge für ihr Verhalten. Bridget nahm sich vor, weder Mr. Chavenage, noch Mrs. Story.

»Sollen wir?« Kent bot ihr seinen Arm an. Sie starrte darauf. »Legen Sie Ihren Arm durch meinen und legen Sie Ihre Hand hierhin.« Kent legte ihre Hand sanft dorthin, wo er sie haben wollte. Sie hatte das natürlich schon öfter gesehen, aber sie hatte es noch nie selbst mit einem Mann gemacht.

Sie konnte zwar gut ohne Hilfe gehen, aber es hatte etwas Schönes, sich an Kents Arm festzuhalten. Er stützte sich auf seinen Stock, als sie die Treppe hinaufstiegen. Das Innere des Hauses war wunderschön, schöner als alles, was sie je in Penzance gesehen hatte. Dunkle Holzvertäfelungen bedeckten die untere Hälfte der Räume und wurden durch Seidentapeten in verschiedenen Farben akzentuiert, die von Raum zu Raum wechselten. Vergoldete Fackelhalterungen säumten die Wände. Dutzende von Porträts füllten die Korridore und zogen sich die große Treppe hinauf.

»Und wer sind die alle?«, fragte sie, während sie die feinen Herren und Damen an den Wänden studierte.

»Zwei oder vielleicht drei Jahrhunderte von Cartwrights. Trystans Familie.«

Sie betrachtete die in Ölfarben gemalten Züge, während sie nach Trystans dunklem Haar, seinen Whiskey-Augen und seiner olivfarbenen Haut suchte, aber sie fand sie nicht.

»Er sieht nicht wie einer von ihnen aus«, sagte sie.

»Nein, tue ich nicht«, sagte Trystan, der gerade einen Raum am Ende des Korridors verließ. »Meine Mutter war eine Romani-Frau, von der die Einheimischen sagen, dass sie meinen Vater verhext hatte, damit er sie heiraten würde. Zum Glück war es eine glückliche Ehe.« Er lächelte, als er dies sagte, und sein Gesicht wurde auf eine Weise weich, die ihr das Herz schwer machte.

»Deine Mutter war eine Zigeunerin?«

Trystans Augen verhärteten sich leicht. »Ja.« Seine Antwort war knapp. »Kommen Sie doch bitte mal her.«

»Ich mache *bitte* gar nichts.« Bridget klammerte sich

an Kents Arm, obwohl er sie direkt zu Trystan begleitete.

»Das ist mein Arbeitszimmer.« Trystan nickte dem Raum zu, in dessen Richtung Kent sie führte. »Setzen Sie sich.« Er nahm sie an den Schultern, führte sie zu einem großen Ledersessel und schob sie darauf. »Und *bleiben*«, fügte er entschlossen hinzu.

Eine bissige Erwiderung kam ihr nicht über die Lippen, als sie bemerkte, dass eine hochgewachsene, etwas mollige Frau sie anstarrte. Sie trug ein dunkelgraues Kleid und stand neben dem großen, verzierten Schreibtisch im Arbeitszimmer.

»Bridget, das ist Mrs. Pearl Story, meine Haushälterin. Sie werden sie als Mrs. Story ansprechen, es sei denn, sie erwartet von Ihnen etwas anderes. Mrs. Story, das ist meine kleine Höllenkatze, Bridget Ringgold.«

Die Haushälterin starrte sie an. »Ist das die, die ich zurechtmachen soll, Mylord?« Ihre Stimme hatte einen schottischen Akzent, den Bridget nicht zu hören gewohnt war.

Bridget schmollte.

»Ja, sie sollte gebadet werden und dann vielleicht ein Ersatzkleid von einem der Dienstmädchen bekommen. Wir lassen morgen eine Schneiderin ins Haus kommen, um sie für eine anständige Garderobe auszumessen. Bis dahin reicht das aus, was Sie finden können, das ihr passt. Und verbrennen Sie die Kleidung, die sie trägt. Ich möchte sie nie wieder sehen oder riechen.«

»He! Du kannst nicht meine Kleider nehmen und sie *verbrennen*!«, rief sie aus. »Sie sind alles, was ich habe.«

»Hier wird nicht so herumgeschrien!«, bellte Trystan. »Mrs. Story wird dich in *neue* Kleider kleiden, etwas, das dir besser stehen wird als diese *Lumpen*.« Er winkte mit der Hand in Richtung ihrer schmutzigen Kleidung.

Diese *Lumpen* hatten sie zwei Monate Tierschnitzerei und den Lohn in der Taverne gekostet.

»Ich habe sie gekauft. Sie gehören mir!«, fauchte sie. »Du kannst mir nicht nehmen, wofür ich so hart gearbeitet habe und ...!«

»Ruhig, Mädchen.« Mrs. Storys schottischer Akzent verdichtete sich leicht. »Niemand wird etwas verbrennen.« Die Haushälterin warf Trystan einen verärgerten Blick zu und wandte sich dann wieder an Bridget. »Wir werden sie reinigen, alle Risse flicken und sie dir dann zurückgeben.«

Trystan und Bridget starrten einander in einem stillen, aber hitzigen Kampf des Willens an.

»Jetzt hör mal zu, Bridget. Du wirst jetzt mit Mrs. Story gehen und tun, was sie sagt. Wenn du ihr Ärger machst, bekommst du es mit mir zu tun.« Sein Tonfall ließ keinen Widerspruch zu.

»Kommen Sie, Miss Ringgold«, sagte Mrs. Story in

sanftem Ton. »Ich helfe Ihnen vor dem Essen noch ein bisschen beim Waschen.«

Bridget folgte der Haushälterin mit großen Augen, während sie sich das weitläufige Haus ansah. Sollte sie wirklich hier bleiben?

»Ich zeige Ihnen auch gleich, wo Ihr Zimmer ist. Normalerweise nimmt seine Lordschaft als Erstes ein Bad, wenn er ankommt, aber wir haben auf seinen Wunsch hin das heiße Wasser in Ihre Gemächer gestellt.«

Sie folgte der Haushälterin die Treppe hinauf und einen weiteren Flur hinunter, bis die Frau innehielt und eine Tür öffnete. Ein paar Dienstmädchen waren damit beschäftigt, frische Laken auf ein massives Bett mit vier blumengeschnitzten Pfosten zu legen. Das hölzerne Kopfteil war mit weiteren geschnitzten Blumen verziert, die in einer Reihe von leuchtenden Farben bemalt waren, als ob ein Garten auf magische Weise aus dem Holz gewachsen wäre. Sie wollte die Hand ausstrecken und die Blüten berühren. Bridget stellte sich einen Moment lang vor, wie lange die Arbeit gedauert haben musste, um ein so schönes Bett zu schnitzen. Sie war fast versucht, so etwas selbst zu schnitzen.

»Hier werden Sie schlafen«, sagte Mrs. Story mit einem kleinen Lächeln. »Es ist eines der Lieblingszimmer seiner Lordschaft im Haus.«

Bridget bemerkte ihre Stofftasche, die auf dem

Boden neben dem Bett lag, und schnappte sie sich, bevor eines der Dienstmädchen etwas daraus klauen konnte. Sie drückte den Beutel schützend an ihre Brust.

»Mit wie vielen muss ich das teilen?«, fragte Bridget. Sie wettete, dass sie mit mindestens drei weiteren Mädchen in diesem Bett schlafen könnte, aber sie würde es vorziehen, auf dem Boden zu schlafen, wenn es mehr als das wären. Sie neigte dazu, ihre Hände und Füße auszustrecken, wenn sie schlief, und wollte nicht, dass ihr jemand mitten in der Nacht eine Ohrfeige verpasste, wenn sie aus Versehen jemanden anrempelte.

»Wie viele?«, Mrs. Story verwirrt ihre Frage.

»Ja. Mit wie vielen von diesen Mädchen muss ich in diesem Zimmer schlafen?« Sie nickte den Mägden zu.

Die jungen Frauen hielten in ihrer Arbeit inne, eine rosafarbene Satindecke über dem Bett zu glätten, und brachen dann in Kichern aus.

»Oh ... ich verstehe.« Mrs. Story seufzte. »Mrs. Ringgold, Sie werden dieses Zimmer mit niemandem außer Ihnen selbst teilen. Sie werden allein in diesem Bett schlafen.«

»Alleine?« *In diesem riesigen Ding?* Bridget fing an, über die lächerliche Vorstellung zu lachen, aber als sie merkte, dass Mrs. Story nicht mit ihr lachte, hielt sie inne. »Es ist alles meins? Wahrhaftig?«

»Ja. Und jetzt legen Sie Ihren Beutel wieder neben das Bett. Niemand wird etwas stehlen, das versichere ich

Ihnen. Und dann kommen Sie hierher.« Sie öffnete eine Tür, die sich fast unsichtbar in die Wand einfügte, indem sie einen kleinen Riegel zurückzog, und führte Bridget in einen anderen Raum. Diese Kammer war viel kleiner und hatte kein Bett. Dort stand eine große Kupferwanne, in der Dampf von der Wasseroberfläche aufstieg.

»Waschen wir hier meine Kleider?«, fragte sie, während sie den Kragen ihres Hemdes umklammerte.

»Nein, hier waschen wir *Sie*, Liebes.«

»Mich?«, rief Bridget und wollte zurückweichen, aber zwei der Dienstmädchen waren schon da und versperrten ihr den Ausgang.

»Ja, Miss Ringgold. Wenn wir eine Lady aus Ihnen machen wollen, müssen Sie zunächst einmal baden. Feine Damen riechen nicht nach Stall oder Schweinen. Sie haben auch nicht einen Zentimeter Schmutz auf ihrer Haut.

»Dann geben Sie mir einen Lappen und eine Schüssel mit Wasser. Darin werde ich ertrinken! Ich steige in keine Wanne.« Sie starrte auf den großen, dampfenden Kupferapparat. Das Ding könnte ihren ganzen Körper verschlingen.

»Nein, das werden Sie nicht, und ja, das werden Sie.« Mrs. Story ergriff Bridgets Arm, und plötzlich zerrten die Dienstmädchen ihr die Kleider vom Leib, bis sie fast nackt war.

Bridget stieß einen markerschütternden Schrei aus.

☙❧

TRYSTAN GESELLTE SICH ZU SEINEN FREUNDEN IN DEN Billardraum, wo Kent und Graham bereits spielten. Er ging zum Getränketablett, das auf der Anrichte stand, und schenkte sich ein Glas Scotch ein.

»Ich nehme an, ihr beide habt es euch bereits bequem gemacht?«, fragte er.

Graham nickte, als er sich vorbeugte, um seinen Schuss anzusetzen. »Ja, danke. Chavenage kümmert sich immer gut um uns.«

Trystan verbarg einen Anflug von Stolz. Er hatte seine Mitarbeiter gut ausgewählt, und sie hatten ihn noch nie enttäuscht. Er konnte es kaum erwarten zu sehen, wie Mrs. Story mit der Höllenkatze aus der Taverne zurechtgekommen war.

»Wo ist das Mädchen?« fragte Graham.

»Sie wird in ihr Zimmer geführt und nimmt ein heißes Bad. Mrs. Story bereitet mir normalerweise eines vor, wenn ich von meinen Reisen zurückkomme, aber das Mädchen braucht eine gute Reinigung heute mehr als ich.«

Trystan nippte an seinem Scotch und genoss den Geschmack der teuren Flüssigkeit, die in seiner Kehle brannte. Dann holte er einen Queue und gesellte sich zu seinen Freunden. Doch bevor er eine Runde beginnen konnte, hallte ein Schrei von oben durch den Korridor.

»Das Bad ist wohl bereit«, sagte Trystan, halb zu sich selbst.

»Was zum Teufel war das?«, fragte Kent.

»Ich bin sicher, dass es jeden Moment aufhören wird«, sagte Trystan zuversichtlich.

Aber das war nicht der Fall. Mit einem Knurren stieß er Kent seinen Queue entgegen.

»Entschuldigt mich einen Moment.« Er eilte aus dem Billardzimmer und weiter die Treppe hinauf, wobei er den Geräuschen von Schreien und Plätschern folgte. In dem Zimmer, das er dem Mädchen zugewiesen hatte, schien ein Kampf zu toben. Er betrat das Schlafzimmer und ging direkt zur Tür des Ankleidezimmers, gegen die er mit der Faust hämmerte.

»Mrs. Story, ist alles in Ordnung?«

Es gab ein weiteres Kreischen, dann hörte er Mrs. Story brüllen wie ein Bär.

»Klingt wie ein verdammter Zoo«, murmelte er vor sich hin, dann rief er: »Ich komme rein!«, und öffnete die Tür.

Der Boden des Ankleidezimmers schwamm. Ein Stück Seife trieb träge in der Wasserpfütze an der kupfernen Badewanne vorbei. Zwei seiner Hausmädchen standen in der Ecke und waren bis auf die Unterröcke durchnässt. Mrs. Story war halb über die Wanne gebeugt und rang mit Bridget, die immer noch ihr schmutziges weißes Hemd trug.

»Jetzt halt endlich still, du lächerliches Mädchen!«, schrie Mrs. Story.

»Nimm deine Hände von mir!« Bridgets Gesicht war voller Schmutz, der sich gerade erst zu lösen begann und an ihrem Gesicht heruntertropfte. Sie sah völlig verängstigt aus.

»Alle mal kurz raus, *bitte*«, knurrte Trystan.

Die Dienstmädchen mussten nicht überzeugt werden. Bei ihrem Fluchtversuch stolperten sie fast übereinander. Mrs. Story ließ Bridget widerwillig los, richtete sich auf, strich ihr Haar zurück und marschierte mit erhobenem Kinn an Trystan vorbei. Er schloss die Tür hinter ihr und starrte Bridget an, die tiefer in das Seifenwasser sank, als sie merkte, dass sie mit ihm allein war.

»Sie hat mich angegriffen!«

Er ging zwei Schritte auf sie zu und reichte ihr die Hand. »Du wirst dieses Hemd sofort ausziehen.«

Sie zog das Hemd aus und hielt ihm das tropfende Stück Stoff in einer zitternden Hand hin. In dem Moment, in dem er zufasste, tauchte sie ihren nackten Arm wieder in das weiße Seifenwasser, wo sie beide Arme um ihre gebeugten Knie schlang, um das Wenige zu verbergen, das er vielleicht von ihrem Körper erahnen konnte.

»Und jetzt *wirst* du Mrs. Story erlauben, dich zu waschen, bis deine Haut rosa wie ein Pfirsich ist. Dann wirst du die Kleider anziehen, die sie dir gibt, und ich werde kein Geschrei mehr hören. Ist das klar?«

Bridget schluckte. »Aber Mylord, sie …«

»Heute Abend wirst du ein wunderbares Essen genießen können. Danach wirst du so satt sein, dass man sich vielleicht aus dem Speisesaal wird rollen müssen. Dann wirst du in das Bett im anderen Zimmer gesteckt und schläfst so tief, dass du nicht einmal träumen wirst.« Er milderte seinen Tonfall, als er merkte, dass er die Unvernünftige vielleicht nur mit Vernunft zum Zuhören bringen konnte. »Bridget … Du hast ein warmes Bett und Essen für den nächsten Monat als Geschenk bekommen. Wenn du zu dumm bist, das als Geschenk zu begreifen, wird man dich in das nächste Dorf bringen und dir genug Geld geben, um nach Penzance zurückzukehren, damit du dich selbst um dein ziemlich düsteres Schicksal kümmern kannst.«

Er trat näher an die Wanne heran. »Ich habe dem Mann, der sich als dein Stiefvater bezeichnet, fünfundfünfzig Guineen bezahlt, damit er dich in meine Obhut gibt. Und weißt du auch, warum?« Bridget schüttelte den Kopf. »Weil er die Art von Mann ist, die keine Skrupel hat, dich zu *verkaufen*. Männer wie er zwingen Mädchen wie dich, das zu tun, was sie wollen, oder sie verkaufen dich an andere, die es tun.«

»An einen Mann wie dich.«

Trystan bellte ein Lachen. »Wohl kaum. Ein Mann wie ich hat kein Interesse an einer Frau wie dir. Nicht aus *diesen* Gründen.« Er hockte sich an den Rand der Wanne. »Ich habe ihn bezahlt, aber *nicht*, um dich zu kaufen, obwohl ich sicher bin, dass dein Stiefvater das so sieht. Nein, ich habe das Geld *investiert*. Ich habe es in *dich* investiert, Bridget.« Seine Stimme wurde ein wenig leiser, aber er hielt ihren Blick fest. »Wenn du eine Dame sein wirst und auf Lady Tremaines Ball alle zum Narren hältst, wirst du eine freie und wohlhabende Frau sein. Stell dir das nur einen Moment lang vor.«

Ihm entging nicht, wie sich eine Gänsehaut auf ihren Armen bildete und wie sie ein wenig zitterte. »Du wirst gut heiraten können oder eine Wohnung in einer sicheren Stadt mieten und ein richtiges Leben beginnen. Wenn du clever bist, findest du vielleicht sogar einen Weg, anderen Mädchen zu helfen, so wie ich dir geholfen habe. Nimm meine Lektionen ernst, und du sollst die Garderobe, die Ausbildung und das nette bisschen Geld, das ich dir am Ende gebe, als Bezahlung für deinen Anteil an dieser Wette annehmen. Verstehst du jetzt?« Er wollte nicht, dass sich das Mädchen auf die Art und Weise konzentrierte, wie er für sie bezahlt hatte, als wäre sie sein Eigentum. Er wollte, dass sie sich auf ihre Zukunft konzentrierte, auf die Tatsache, dass sie ihr Schicksal jetzt selbst in der Hand hatte und es zum

Besseren wenden konnte, wenn sie nur aufhörte, sich gegen ihn zu wehren.

Die nackte junge Frau in der Kupferwanne starrte ihn mit ihren lavendelfarbenen Augen an, und für einen Moment sah er hinter dem schmutzigen Wildfang, der sie war, das Wesen, das in ihr steckte, das ein so exquisites Feuer in sich trug, ein Leben voller Sinn und Leidenschaft zu leben. Ja, *das* war die Frau, auf die er sein Geld gesetzt hatte.

»Ich … ich verstehe, Mylord.« Ihre lavendelfarbenen Augen waren groß und leuchtend, und er vergaß, was er gerade gesagt hatte, als sein Herz in der Brust ein seltsames Flattern bekam. Er schüttelte sich ein wenig, um das blumige Gefühl aus seinem Kopf zu vertreiben.

»Gut. Jetzt wird Mrs. Story wieder hier hereinkommen und dir helfen. Wenn du dich erst einmal an das Baden gewöhnt hast, wirst du es ganz sicher mögen. Das heiße Wasser lindert den Schmerz müder, verspannter Muskeln und gibt dir Zeit, in aller Ruhe über den Tag nachzudenken. Es ist ein Privileg, etwas zu genießen, was viele andere nie erleben werden. Bitte sei ab sofort respektvoller gegenüber meinem Personal, das dir diese Dinge ermöglicht.«

Bridgets Augenbrauen hoben sich ein wenig, und er konnte an ihrem schuldbewussten Gesichtsausdruck erkennen, dass er Eindruck auf sie gemacht hatte.

»Nun gut. Ich überlasse dich jetzt Mrs. Story, und wir

werden uns in ein paar Stunden zum Abendessen sehen.« Damit ließ er Bridget allein, um nachzudenken, während er sich wieder seinem Billardspiel widmete, in der Gewissheit, dass er endlich Ruhe haben würde.

BRIDGET GAB KEINEN MUCKS MEHR VON SICH, ALS Mrs. Story zurückkehrte. Sie ließ sich von der Haushälterin die Haare spülen, das Gesicht mit einem Tuch waschen und den Rest ihres Körpers schrubben, sogar die Fußsohlen, was so sehr kitzelte, dass sie lachen musste. Trystan hatte Recht gehabt. Das heiße Wasser war anfangs erschreckend, aber jetzt fühlte es sich wunderbar an. Sie war schlaff wie ein Lappen, und es war ein herrliches Gefühl.

»Wir werden Ihnen morgen die Haare modisch schneiden. Ich kann ganz gut mit der Schere umgehen«, prahlte Mrs. Story, aber sie sagte es mit einem amüsierten Kichern, als Bridget die Nase rümpfte.

Bridget waren ihre Haare ziemlich egal. Haare waren ein Ärgernis. Die wenigen Male, die sie versucht hatte, sie mit ihrem kleinen Messer abzuschneiden, hatte sie eine Sauerei angerichtet, also ließ sie sie wachsen, was fast genauso nervig war. Das Haar reichte nun bis zur Mitte ihres Rückens.

»Na also«, sagte Mrs. Story. »So schlimm ist es doch nicht, oder, Liebes?«

»Nein«, murmelte Bridget.

Die Haushälterin nahm ein großes Handtuch vom Waschtisch in der Ecke und hielt es hoch. »Stehen Sie auf und wickeln Sie sich hierin ein.«

Als Bridget aufstand, klebte die Kälte der Luft an ihrer Haut und ließ sie frösteln. Sie nahm das Handtuch und wickelte es wie einen Mantel um sich, froh, sich wärmer zu fühlen.

»Treten Sie hier drauf, dann rutschen Sie nicht aus.« Mrs. Story legte ein weiteres Handtuch auf den Boden. »Dann folgen Sie mir.«

Sie folgte der Haushälterin in das Schlafgemach und setzte sich, wie ihr aufgetragen wurde, vor einen Frisiertisch. Mrs. Story benutzte einen Kamm, um die Knoten in Bridgets Haar zu entwirren, was eine ganze Weile dauerte, dann zeigte sie ihr die Kleidung, die sie für Bridget mitgebracht hatte.

Die Haushälterin brauchte mehrere Minuten, um alle Teile der Unterwäsche zu demonstrieren, bevor Bridget sich sicher fühlte, dass sie wusste, was wie zu tragen war. Sie trocknete sich ab und ließ sich von der Haushälterin in die Kleider helfen. Es gefiel ihr nicht, wie die Unterröcke um ihre Beine raschelten oder wie die Röcke sie beim Gehen behinderten. Sie würde niemals so herumrennen können, wie sie es in Hosen tat.

Doch als sie schließlich einen Blick auf sich selbst im Spiegel erhaschte, blinzelte sie überrascht.

Sie sah ... nun ja ... fast hübsch aus. Ihr Haar war noch ein wenig feucht, so dass Frau Story es flocht und den Zopf am Hinterkopf zu einem Knoten drehte, den die ältere Frau als Chignon bezeichnete, bevor sie ihn mit einigen Haarnadeln befestigte. Das blaue Kleid, das ihr gegeben wurde, war nach Ansicht der Haushälterin eine einfache Sache, aber Bridget fand, dass es das schönste Kleid war, das sie je gesehen hatte. Es war eine wunderschöne Farbe und passte auf bezaubernde Art und Weise zu ihren Augen. Sie hatte sie noch nie so hell leuchten sehen, und auch ihre Haut hatte noch nie so strahlend ausgesehen.

»Jetzt sehen Sie schon wie eine Lady aus, und zwar eine sehr hübsche«, sagte Mrs. Story mit einem Lächeln. »Dann wollen wir mal nach unten gehen und diese dummen Männer überraschen, ja?«

Bridget warf noch einen Blick auf ihr Spiegelbild und biss sich auf die Lippe, bevor sie die Haushälterin anlächelte und nickte. Sie konnte sich kaum daran erinnern, wann sie das letzte Mal ein Kleid getragen hatte ... Es musste ungefähr zu der Zeit gewesen sein, als ihre Mutter starb.

Als sie die Treppe hinuntergingen, fühlte sich Bridget auf eine Weise verletzlich, wie sie es noch nie zuvor getan hatte. Mit einer Hand umklammerte sie ihre

Röcke, damit ihre Füße in den kleinen schwarzen Pantöffelchen, die sie von einem der Dienstmädchen geliehen bekommen hatte, die Stufen leichter finden konnten. Die weite, männliche Kleidung, die sie bisher immer getragen hatte, gab ihr ein Gefühl der Sicherheit und verbarg ihre Weiblichkeit. Jetzt hatte sie das Gefühl, dass sie sich überhaupt nicht mehr verstecken konnte.

»Mylords«, sagte Mrs. Story zu Trystan und den anderen, als sie den Speisesaal erreichten.

Bridget duckte sich hinter der Haushälterin, starr vor Angst, wie Trystan auf ihr Erscheinen reagieren würde. Sie wollte nicht noch einmal angeschrien werden.

»Wo ist die kleine Katze?«, fragte Trystan.

»Versteckt sich hinter mir, vermute ich.« Mrs. Story drehte sich um und trat zur Seite, so dass Bridget gezwungen war, sich den drei Männern zuzuwenden, die an dem großen Mahagoni-Esszimmertisch verweilten.

Alle starrten sie so lange an, dass sie sich fragte, ob ihr ein zweiter Kopf gewachsen war oder so. Graham brach schließlich das Schweigen, indem er das Glas mit dem Brandy in der Hand fallen ließ. Es schlug auf dem Boden auf, und die Flüssigkeit spritzte über den ganzen Teppich.

»Mein Gott!« Graham hob das Glas wieder auf und wurde rot. »Sie hat sich ganz gut herausgeputzt, nicht wahr?«, sagte er zu Trystan. »Vorausgesetzt, sie ist in der

Lage, deine Lektionen zu lernen, könntest du gewinnen, verdammt!«

Kent stieß Graham mit dem Ellbogen in den Magen. »Miss Ringgold, bitte erlauben Sie mir.« Er ging zu einem der Stühle hinüber, vor denen ein Gedeck stand. Er zog den Stuhl zurück und gab ihr ein Zeichen, sich zu setzen. Sie warf einen Blick auf Trystan, der sie mit einem intensiven, aber anerkennenden Blick beobachtete. Er nickte aufmunternd, und sie setzte sich auf den Stuhl, bevor Kent den Stuhl wieder näher an den Tisch rückte und dann den Platz neben ihr einnahm.

Trystan setzte sich an das Ende des Tisches, und Graham wählte den Stuhl ihr gegenüber. Zu viert besetzten nur ein Ende des großen Esstisches, so dass mehr als ein Dutzend andere Plätze leer blieben.

»Essen Sie normalerweise mit vielen Leuten, Mylord?« Sie nickte mit Blick auf den fast leeren Tisch.

»Nicht oft. Aber ein paar Mal im Jahr veranstalte ich eine Landhausparty, und dann sind alle Stühle besetzt«, sagt Trystan.

Bridget richtete ihre Aufmerksamkeit auf das kunstvolle Gedeck. Sie hatte zwei Gläser, mehrere Gabeln, Messer und Löffel. Als ein Lakai eine Schüssel mit Suppe vor sie hinstellte, beobachtete sie Kent unauffällig. Sie war es gewohnt, die Schüssel einfach zum Mund zu heben und Suppe zu trinken, aber sie hatte das Gefühl, dass sie bei all den Löffeln, die herumlagen, gezüchtigt werden würde, wenn sie nicht einen davon benutzte. Er nahm den am weitesten von der Schüssel entfernten Löffel. An der gleichen Stelle griff sie nach ihrem eigenen Löffel.

»Man sollte sich immer von außen nach innen vorarbeiten«, erklärte Trystan. »Die Dienerschaft wird nur das Besteck für die verschiedenen Gänge bereitlegen. Wir werden morgen mehr über die Essgewohnheiten sprechen. Heute Abend werden Sie einfach Kent oder mich nachahmen. Achten Sie genau darauf, welche Art von Besteck wir verwenden, wenn wir bestimmte Gerichte essen. Wenn Sie Fragen haben, können Sie höflich unterbrechen, um sie zu stellen, aber Sie werden dies ordnungsgemäß tun. Wenn Sie mit falscher Grammatik sprechen, werde ich Sie korrigieren, und Sie werden die Frage entsprechend wiederholen.«

»Ja, Mylord.«

»*Jawohl*, Mylord«, korrigierte Trystan betont.

»*Jawohl*, Mylord«, murmelte Bridget. Trystan wölbte herausfordernd eine Augenbraue, bis sie die richtige Antwort deutlicher wiederholte.

»Gut. Jetzt dürfen Sie Ihre Suppe genießen.«

Bridget beschloss, auf Fragen zu verzichten, damit sie sich darauf konzentrieren konnte, richtig zu essen, und was noch wichtiger war, genug zu essen. Sie wollte, was Trystan ihr versprochen hatte: einen so vollen Bauch, dass man sie aus dem Zimmer rollen musste. Die

Suppe war köstlich, aber sie hatte keine Ahnung, was darin war. Der nächste Gang war eine Art Wildgeflügel, das mit kräftigen Kartoffeln serviert wurde. Das war in der Tat ein feines Gericht, und sie liebte den Geschmack so sehr, dass sie fast ihr Besteck fallen ließ, um die Knochen vom Teller zu pflücken und die letzten Fleischstücke abzulutschen. Aber sie ertappte Trystan dabei, wie er sie beobachtete, seine Augen scharf wie die eines Falken. Er beteiligte sich mit Leichtigkeit an den Gesprächen am Tisch und ließ sie dabei nur selten aus den Augen.

Als der Nachtisch gebracht wurde - ein Soufflé, wie Kent ihr flüsternd sagte -, war ihr Bauch definitiv voll, und das Korsett, das sie tragen musste, drückte gegen ihre Rippen und ihren Rücken.

Sie war furchtbar müde. Ihr Kampf im Bad und der ganze vergangene Tag, an dem sie ein einziges Nervenbündel gewesen war, hatten ihren Tribut gefordert. Sie hielt die Faust vor den Mund, um ein Gähnen zu verbergen, und nach einem Blick auf Trystan, der sie ausnahmsweise einmal nicht beachtete, stützte sie einen Ellbogen auf den Tisch, legte das Kinn auf die Handfläche und schloss kurz die Augen. Ein kleines Nickerchen, nur eine Minute, und sie wäre wieder ganz mun...

Trystan bemerkte den Moment, in dem sein Schützling am Tisch einschlief.

»Ist sie gerade …?«, begann Graham.

»Nein, nein, so geht das nicht«, sagte Trystan. Er wollte gerade etwas schreien, als Kent sich einen Finger an die Lippen hielt.

»Pst. Lass sie schlafen, Trys«, flüsterte er. »Das arme Wesen ist völlig erschöpft. Stell du dir doch einmal vor, wie viel Angst und Schrecken sie bis zum heutigen Tag gehabt haben muss. Jetzt ist sie an einem sicheren Ort und hat einen vollen Bauch. Gönn ihr diese eine Nacht der Ruhe.«

»Nun, ich kann sie ja nicht die ganze Nacht in diesem Stuhl schlafen lassen, nicht wahr?« Als seine Freunde aufstanden, wollte er das Mädchen wachrütteln, damit sie ins Bett gehen konnte, aber etwas in ihm hielt ihn davon ab. Er sah zu Kent, der den Kopf schief legte und ihm wortlos mitteilte, was zu tun sei.

»Verflucht sei dein weiches Herz, Kent.« Stattdessen zog er ihren Stuhl sanft zurück und nahm das Mädchen in seine Arme, um sie an seine Brust zu drücken. Sie wachte nicht einmal durch die Bewegung auf.

»Ich bringe sie ins Bett und sehe euch morgen früh«, sagte Trystan zu seinen Freunden.

Kent legte ihm im Vorbeigehen eine Hand auf den Arm.

»Gib mir dein Wort, dass sie in Sicherheit ist«, sagte Kent.

»Natürlich ist sie das«, sagte Trystan. »Du kennst meinen Geschmack bei Frauen.«

»Das tue ich, aber Männer können aus Bequemlichkeit von ihrem Geschmack abweichen«, antwortete Kent.

»Ich bin kein Schurke. Ich habe dir ein Versprechen gegeben. Ich werde es nicht brechen«, sagte Trystan, und sein Ton wurde härter. Warum um alles in der Welt glaubte Kent, dass diese kleine Teufelin ihn in Versuchung führte? Sie frustrierte ihn. Eine Geliebte machte einen Mann nicht wahnsinnig vor Wut.

Er trug das Mädchen in ihr Schlafgemach und legte sie auf das Bett. Er war versucht, ihr selbst die Kleider auszuziehen und seine Diener nicht zu stören, aber er wusste, dass Kent damit ein Problem haben würde. Also läutete er die Klingelschnur nach einem Dienstmädchen. Während er wartete, strich er dem Mädchen eine einzelne lose Haarsträhne aus dem Gesicht. Nach der Reinigung und dem Trocknen war ihr Haar seidig und duftete noch leicht nach den Rosen aus ihrem Bad. Er strich mit einer Fingerspitze über ihre Nase, die sich am Ende leicht nach oben reckte wie bei einer schelmischen Fee.

Das Mädchen würde Ärger machen, das spürte er, aber zumindest würde er unterhalten werden.

Ein Dienstmädchen namens Marvella erschien in der offenen Tür des Schlafzimmers. »Ja, Mylord?«

»Das Mädchen ist eingeschlafen. Bitte hilf ihr aus den Kleidern und deck sie dann zu.«

»Jawohl, Mylord.« Das Dienstmädchen lächelte schüchtern, als sie an ihm vorbeiging.

Trystan überließ Bridget der Welt der Träume und ging hinunter in sein Arbeitszimmer, um die Lektionen zu planen, die er brauchte, um seine Wette zu gewinnen.

❧ 4 ☙

Bridget kroch tiefer in ihr Behelfsbett auf dem Heuboden und stieß einen zufriedenen Seufzer aus. Sie hatte es so gemütlich wie ein Käfer in einem Teppich. Ihr Stiefvater schrie nicht nach ihr, und in dem Stall unter ihr machte niemand Lärm. Es war zu schön, um wahr zu sein.

Ihre Augen flogen auf. Sie starrte auf das dicke weiße Kissen, auf dem ihr Kopf ruhte. Dann wanderte ihr Blick über das Kissen hinaus zu den Wänden, die mit Wildblumen bemalt waren. Ihre Hand hielt sich an einer rosafarbenen Decke fest. Von Heu war keine Spur zu sehen.

Warte, nein, das ist *zu schön, um wahr zu sein ...*

Die Erinnerungen kehrten langsam zu ihr zurück. Sie schaute sich um und betrachtete den opulenten Raum.

Das letzte, woran sie sich erinnerte, war ein Abendessen mit diesen drei schicken Herren. War sie am Esstisch eingeschlafen? Offensichtlich. Sie konnte sich jedenfalls nicht daran erinnern, dass sie aufgewacht war, um ins Bett zu gehen, also wie ...?

Ihre Gedanken wurden unterbrochen, als Mrs. Story das Schlafgemach betrat, ein Tablett auf einer Hüfte balancierend.

»Guten Morgen, Liebes. Zeit, sich aufzusetzen und zu essen. Dann müssen Sie gleich nach unten kommen, denn die Modistin ist Ihretwegen ein paar Stunden im Haus.«

»Die Mo-was?« Bridget schob die Decke zurück, als sie sich aufsetzte, aber bevor sie aus dem Bett aufstehen konnte, stellte ihr die Haushälterin das Tablett auf den Schoß.

Auf dem Teller lagen Eier, warmer Toast mit Butter, und Marmelade. Ihr verlockender Duft stieg ihr in die Nase und ließ ihren Magen knurren.

»Die *Modistin* ist eine Schneiderin«, erklärte Mrs. Story.

»Oh ...« Bridget freute sich nicht darauf, noch mehr Kleider zu tragen. Sie waren zwar hübsch, aber ein verdammtes Ärgernis beim Gehen.

»Kann ich nicht heute meine Hosen tragen?«, fragte sie.

»Für die nächste Zeit werden Sie Kleider tragen,

meine Liebe. Wenn Sie auf einem Ball tanzen wollen, müssen Sie lernen, sich in Kleidern wohlzufühlen. Und jetzt essen Sie das auf. Morgen wird Ihnen eine der Dienstmädchen das Frühstück bringen und Ihnen beim Anziehen helfen.«

Bridget aß schnell und ließ keinen einzigen Krümel auf ihrem Teller zurück. Dann ließ sie sich von Mrs. Story in das blaue Kleid helfen, das sie zum Abendessen getragen hatte. Kaum hatte sie ihre Pantoffeln angezogen, wurde sie nach unten in die Bibliothek begleitet. Es war der schönste Ort, den sie je gesehen hatte. Buchrücken mit Goldschrift leuchteten im hellen Morgenlicht.

»Warten Sie hier auf seine Lordschaft«, befahl die Haushälterin.

Sobald sie allein in der Bibliothek war, ging sie schnurstracks auf die Leiter mit den Rädern am Boden zu und kletterte hinauf, um einen Blick auf die größten Bücher im obersten Regal zu werfen. Sie erreichte das oberste Regal und staunte, als sie Dutzende weiterer Bücherregale sah, die in einer Reihe hinter dem vordersten Regal standen. Sie hatte noch nie in ihrem Leben so viele Bände gesehen. Trystan musste verdammt reich sein, um sich so viele Bücher leisten zu können. Um sich auch nur einen dieser Wälzer leisten zu können, hätte sie ein Jahr lang Figuren schnitzen müssen.

Als nächstes fiel ihr die bemalte Decke auf. Sie legte

den Kopf zurück und sah Dutzende von Engeln, die in den Wolken spielten. Ihre Flügel waren so sorgfältig gemalt worden, dass es aussah, als könnte sie sie berühren, wenn die Leiter nur ein wenig höher wäre.

»Wuuuuun...derrrrr...schöööön...« Fasziniert zog sie das Wort in die Länge. Diese Bibliothek war himmlisch, und die Decke war eindeutig in diesem Sinne gemalt worden.

»Die gefallen dir, nicht wahr?« Eine tiefe Stimme ließ sie aufschrecken, und sie verlor das Gleichgewicht und den Halt an der Leiter.

Bridget fiel, doch bevor sie auf den harten Boden aufschlug, wurde sie von etwas Weichem aufgefangen. Trystan grunzte. Sie starrte ihm in die Augen, als sie merkte, dass er sie in seinen Armen aufgefangen hatte. Der Mann hatte sie vor dem Absturz bewahrt, wie ein verwegener Held aus dem Märchenbuch, aus dem ihre Mutter ihr als Kind vorgelesen hatte. Eine der wenigen Gelegenheiten, bei denen sie wirklich mit Büchern zu tun gehabt hatte, war als Kind gewesen, wenn ihre Mutter ihr Geschichten vorlas.

»Vielleicht versuchen Sie das nächste Mal, nicht zu fliegen. Sie sind noch kein Engel.« Er ließ sie sanft auf ihre Füße herunter. Sie klammerte sich immer noch an seine Brust, ihre Finger krallten sich in seine Weste. Die Wärme seines Körpers an ihrem entflammte sie, und bei dem männlichen Duft, der seiner Kleidung anhaftete, wollte sie sich so gern vorbeugen und tief einatmen, um ihn sich einzuprägen. Kein Mann, mit dem sie je Zeit verbracht hatte, roch so gut wie dieser. Die meisten stanken nach Schmutz und Schweiß. Das komische Kribbeln in ihrem Unterbauch setzte wieder ein. Sie dachte daran, wie nah er ihr letzte Nacht gewesen war, als sie nackt wie ein Baby in der Kupferwanne gelegen hatte. Doch dies hier fühlte sich anders an, denn er hielt sie in seinen Armen, diesmal sanft, und zerrte sie nicht von einem Heuboden hoch. Fühlte es sich so an, eine Dame zu sein? Dass ein schicker Gentleman sie so in seinen Armen halten würde?

»Sie haben mir gesagt, Sie können lesen«, sagte Trystan, als Bridget sich endlich dazu zwang, von ihm zurückzutreten.

»Das kann ich. Meine Mutter hat es mir beigebracht. Sie war sehr klug.«

»Ich frage mich, ob das der Grund ist.« Er strich sich nachdenklich über das Kinn, während er sie musterte.

»Der Grund?«

»Ihre Mutter. Ihre Art zu sprechen ist manchmal etwas ruppig, aber meistens ist sie einigermaßen korrekt. Hat Ihre Mutter wie die Männer in Penzance gesprochen oder eher wie ich?«

»Wie Sie«, gab sie zu, ohne zu verstehen, worauf er hinaus wollte.

»Und Ihr Vater? Der richtige, nicht der Rohling aus der Taverne. Was ist mit ihm?«

»Ich habe ihn nie gekannt. Er starb, als ich noch ein Baby war. Meine Mutter sagte, er sei Anwalt gewesen. Sie sagte immer, er sei gebildet und ein freundlicher Mann gewesen. Sie liebte ihn innig. Als er starb, hatte meine Mutter keine andere Familie und kein Geld, also musste sie *den* heiraten.« Bridget spuckte das Wort »den« aus.

»Damit meinen Sie den Rohling?«, hakte Trystan nach. Bridget nickte.

»Interessant. Nun, das gibt mir Hoffnung, Bridget. Sie stammen aus einem Elternhaus, in dem richtig gesprochen wurde. Es ist sehr tief hier drin.« Er beugte sich vor und tippte mit dem Zeigefinger gegen ihre Stirn. »Wir müssen es nur aus Ihnen *herausholen*.«

Herausholen? Wollte er sie schütteln?

»Ich lass nix aus mir *herausholen*«, warnte sie mit lauter Stimme.

»Ich lasse *nichts* aus mir herausholen«, korrigierte er.

Einen Moment lang starrten sie einander stumm und herausfordernd an, bevor sie das Wort wieder richtig aussprach.

»Jetzt werden die Vokale weicher«, sagte er. »Nehmen Sie sich Zeit, bevor Sie sprechen. Ihr Akzent wird schlimmer, wenn Sie sich aufregen und anfangen, wie eine Pfauenhenne zu schreien.«

»*Eine Henne?*«, wiederholte sie wütend, obwohl sie nicht die geringste Ahnung hatte, was ein Pfau war. »Wollen Sie damit sagen, dass ich wie ein Huhn krächze?«

»Nein, Kätzchen, du kreischst wie ein Pfauenweibchen, genauer gesagt, wie ein indischer Pfau. Aber ich nehme an, du hast noch nie einen Pfau gesehen, oder?«

»Das habe ich«, argumentierte sie. »In einem Buch. Ein großer, schicker Vogel mit einem Schwanz in vielen Farben.« Sie verschränkte die Arme und hob ihr Kinn, stolz auf die Tatsache, dass sie das wusste. Sie bezweifelte, dass irgendjemand sonst in Penzance wusste, was ein Pfau war. In dem Märchenbuch gab es viele wilde Tiere, und sie hatte deren Namen gelernt. Löwen, Tiger, Pfaue und Elefanten.

»Nun, gut. Das ist eine Sache weniger, die ich Ihnen beibringen muss.« Dann wandte er sich von ihr ab, ging zu einem Regal in der Nähe und wählte eine Handvoll Bücher aus. Er legte sie auf einem Lesetisch ab.

»Sie werden sich hinsetzen und mir vorlesen. Sie werden daran arbeiten, so zu klingen, wie Ihre Mutter. Stellen Sie sich vor, sie liest mit Ihnen. Verstehen Sie das? Wir werden das üben, bis die Schneiderin aus dem Dorf heraufkommt.«

Bridget ließ sich widerwillig auf einen Stuhl am Lesetisch fallen und griff nach dem erstbesten Buch, das er ihr hingelegt hatte.

»Spielt es eine Rolle, wo ich mit dem Lesen anfange?«

»Nein, tut es nicht. Wählen Sie, wo immer Sie wollen. Ich möchte besser verstehen, womit ich arbeiten muss.« Scheinbar ruhelos schritt Trystan in der Bibliothek umher, während sie zu lesen begann. Sie blätterte durch die Seiten, suchte nach Worten, die sie laut vorlesen konnte, und hielt inne, als sie ein Gedicht fand. Sie hatte schon immer Gedichte gemocht.

»Ich wanderte einsam wie eine Wolke
Die hoch über Tälern und Hügeln schwebt,
Als ich auf einmal eine Menge sah,
Ein Meer von goldenen Narzissen;
Neben dem See, unter den Bäumen,
Flatternd und tanzend in der Brise.«

SIE HIELT INNE, BLICKTE AUF UND SAH, DASS TRYSTANS Schritte langsamer geworden waren. Er schien ruhiger zu sein.

»Lesen Sie weiter.« Er winkte mit der Hand, damit sie fortfuhr.

»Kontinuierlich wie die Sterne, die leuchten

Und funkeln auf der Milchstraße,
Sie streckten sich in unendlicher Reihe
Entlang des Randes einer Bucht:
Zehntausend sah ich auf einen Blick,
Wie sie ihre Köpfchen in einem munteren Tanz neigten.«

Bridget konzentrierte sich weiter auf die Worte und dachte daran, wie ihre Mutter geklungen hätte, als sie sich die Sterne vorstellte, die am Himmel tanzten, genau wie in dem Gedicht.

»Die Wellen tanzten neben ihnen; aber sie
Übertrafen das Glitzern der Wellen mit ihrer Freude:
Ein Dichter konnte nicht anders als fröhlich sein,
In solch einer lustigen Gesellschaft:
Ich starrte und starrte, doch dachte ich wenig
Welchen Reichtum mir dieser Anblick bot.«

Vom Geist der Worte bewegt, fuhr Bridget mit mehr Selbstsicherheit fort.

»Denn oft, wenn ich auf meiner Couch liege
In leerer oder nachdenklicher Stimmung,
Blitzen sie auf in diesem inneren Auge
Das ist die Seligkeit der Einsamkeit;
Und dann füllt sich mein Herz mit Freude,
Und tanzt wieder mit den Narzissen.«

ETWAS TROPFTE VON IHRER NASENSPITZE, UND SIE wischte sich darüber und stellte erschrocken fest, dass es eine Träne war. Einen Moment lang hatte sie das Gefühl gehabt, dass ihre Mutter mit ihr in diesem Zimmer war, während sie las. Wie hatte sie nur vergessen können, wie schön Worte sein konnten?

Eine Hand legte sich auf ihre Schulter und drückte sie leicht.

»Gut gemacht. Ich glaube, ich habe jetzt eine Vorstellung davon, was wir in den nächsten Tagen alles korrigieren müssen. Oh, schauen Sie nicht so. Kinn hoch. Das haben Sie viel besser gemacht, als ich erwartet hatte. Sprache und die Fähigkeit, zu lesen und zu sprechen, sind Geschenke, die man wertschätzen sollte.« Trystan sprach seine lobenden Worte irgendwie leise aus. Als sie die Augen schloss, hatte sie das Gefühl, als würde sie tatsächlich mit den Narzissen um sie herum *tanzen.*

»Suchen Sie sich noch etwas aus«, sagte er etwas schroffer. »Und vergessen Sie diesmal nicht, den Buchstaben H mit auszusprechen. Es heißt *Herz*, nicht *Erz*. Denken Sie an das Geräusch, wenn Sie lachen. *Ha, ha, ha.* So sollten Sie das aussprechen.«

»Ich *habe* es mit einem *ha* ausgesprochen«, protestierte sie.

»Wenn, dann war es so leise, dass es nur eine Kirchenmaus hören konnte. Behandeln Sie es nicht wie einen Apostrophen. Ich möchte dieses Mal ein *Ha* hören, verstanden? Beginnen Sie.« Er ging wieder auf und ab.

Bridget seufzte und las ein Dutzend weiterer Gedichte vor, wobei sie jedes Mal neue Anweisungen von Trystan erhielt, was sie als Nächstes korrigieren sollte, bis sie von Mr. Chavenage im Eingangsbereich der Bibliothek unterbrochen wurden.

»Miss Phelps ist hier, Mylord.«

Trystan nickte dem Butler zu. »Führen Sie sie in den Salon und lassen Sie den Tee servieren. Wir werden gleich bei ihr sein.«

»Jawohl, Mylord.« Der Butler warf einen Blick auf Bridget, bevor er verschwand.

Bridget klappte das Buch zu und strich mit einer Fingerspitze liebevoll über den Einband. »Ist Miss Phelps die Schneiderin?«

»Ja, und keinen Moment zu früh. Ich fürchte, Sie

machen es sich in diesem einfachen blauen Kleid viel zu bequem.« Trystan ging auf die Tür zu. »Kommen Sie mit, kleine Katze. Wir müssen eine Garderobe für Sie anfertigen lassen.«

Sie ließ den Bücherstapel mit einem überraschenden Widerwillen zurück. Jetzt, wo sie von Büchern umgeben war, wollte sie diesen Raum in ihrem ganzen Leben nicht mehr verlassen. Nach dem Tod ihrer Mutter hatte Bridget ihr Verlangen nach allem, was sie an ihre Mutter erinnerte, verdrängt, auch nach Büchern. Nicht, weil sie vergessen wollte, sondern weil sie, um zu überleben, gezwungen gewesen war, ihr Verhalten anzupassen, um der Aufmerksamkeit der Männer zu entgehen, die sich in der Taverne aufhielten.

»Kommen Sie jetzt mit?«, rief Trystan von der Tür herüber.

Sie sah ihn an, musterte ihn, so wie er sie immer zu betrachten schien. Der Anblick seiner breiten Schultern und seiner Brust, die sich zu seiner schlanken Taille verjüngte, ließ sie nicht mehr los. Er trug keinen Mantel, sondern nur ein weißes Hemd, eine Hose und eine Weste. Die Weste war ein tiefes Burgunderrot mit silbernen Stickereien an den Taschen und am Kragen. Er schien nie etwas übermäßig Ausgefallenes zu tragen, aber seine Kleidung war so fein wie nur möglich. Sein dunkles Haar war leicht zerzaust, und er strahlte eine elegante Sorglosigkeit aus, die überraschend verführerisch war.

Bridget hatte noch nie auf diese Weise über Männer nachgedacht. Aber jetzt konnte sie es nicht mehr aus dem Kopf kriegen. Wie würde ein Mann wie er aussehen, wenn er nackt in der Badewanne läge und sie diejenige wäre, die ihn anstarren würde? Sie hatte schon einmal seine nackte Brust gesehen, aber jetzt war sie neugierig auf den Rest von ihm. Wie würde es sich anfühlen, wenn er sie an die Wand drückte, so wie sie gesehen hatte, wie Männer es mit Frauen vor der Taverne spät in der Nacht taten? Sie stellte sich vor, wie Trystan sich in der Dunkelheit mit ihr paarte, wie sie seine olivfarbene Haut im Mondlicht zu sehen und zu fühlen bekommen würde, während er ...

»Hören Sie auf zu trödeln«, sagte Trystan scharf, und sie eilte ihm in den Korridor nach.

Als sie den Salon betraten, legte eine Frau mittleren Alters mit dunkelrotem Haar eine Sammlung bunter Skizzen auf einen Tisch in der Nähe. Hinter ihr lagen Stofffetzen in Dutzenden von verschiedenen Farben.

»Miss Phelps.« Trystan sprach mit einem sanften Charme, den er bei Bridget nie angewandt hatte. Die Frau richtete sich auf und lächelte.

»Mylord. Ich danke Ihnen für Ihren freundlichen Brief. Ich freue mich, Ihnen mit dem jungen Mündel Ihres Cousins zu helfen und ihr eine ordentliche Garderobe zusammenzustellen.« Miss Phelps wandte ihren Blick zu Bridget, die überrascht war, als die Frau sie anlächelte.

»Miss Ringgold, bitte setzen Sie sich zu mir. Ich möchte Ihnen einige Modezeichnungen vorlegen. Ich möchte, dass Sie von Ihrer neuen Garderobe begeistert sind. Eine Frau sollte sich in dem, was sie trägt, sicher und bequem fühlen.«

⁂

TRYSTAN BISS SICH AUF DIE LIPPE, UM EIN LÄCHELN des Triumphs zu verbergen. Kaum hatte Miss Phelps das Wort *bequem* ausgesprochen, war die kleine Wildkatze bereit, der Schneiderin aus der Hand zu fressen. Er lehnte sich mit dem Rücken an die Wand und ging ihnen aus dem Weg, während Miss Phelps Bridget Dutzende von Modezeichnungen vorlegte und ihr geduldig erklärte, dass sie verschiedene Arten von Kleidern benötigen würde.

»Sie brauchen Tageskleider, Abendkleider, Wanderkleider, Kutschenkleider, Reitkleider, ein Hofkleid und natürlich Ballkleider. Dann gibt es Hüte, Handschuhe, Strümpfe, Schuhe, Stiefel, Korsetts, Unterhemden ...«

Bridgets Augen wurden immer größer, als die Liste fortgesetzt wurde, und Trystan konnte sich ein Grinsen nicht verkneifen, als er den verwirrten Gesichtsausdruck seines Teufelskindes sah.

»Brauche ich das alles?«, fragte sie mit ängstlicher Stimme. Sie hatte nur noch einen Hauch des Akzents, den sie am Morgen gehabt hatte. Seine Lektionen begannen sich bereits auszuzahlen.

»Natürlich«, sagte Miss Phelps, während sie Trystan einen leicht verwirrten Blick zuwarf.

»Miss Ringgold hatte nur wenig Gelegenheit, die gehobene Gesellschaft kennenzulernen. Das arme Ding war ziemlich behütet und ist nicht mit all den Arten von Kleidern vertraut, die eine Frau in der richtigen Gesellschaft braucht.«

Diese Bemerkung ließ Bridget die Krallen ausfahren, aber sie sah ihn nur finster an. Er lächelte weiter wie ein vernarrter älterer Bruder.

»Kein Grund zur Sorge, Miss Ringgold. Steigen Sie auf den Hocker, wenn es Ihnen nichts ausmacht. Ich werde Ihre Maße nehmen und mich auf den Weg machen. Ich glaube, ich kann den größten Teil Ihrer Garderobe in einer Woche fertig haben.«

Miss Phelps brachte einen kleinen Hocker mit ausklappbaren Beinen. Sie stellte ihn auf, und Bridget kletterte darauf. Trystan erhaschte einen Blick auf ihre zierlichen Knöchel, als sie ihre Röcke anhob, damit die Schneiderin ihre Maße nehmen konnte. Als er auf diese

Knöchel in den weißen Strümpfen starrte, schoss ein Feuerblitz durch seinen Körper.

Nicht einmal, als er ein viel jüngerer Mann gewesen war, hatte ihn der Anblick von Knöcheln jemals so berührt. Er räusperte sich, und beide Damen drehten sich zu ihm um, in der Erwartung, dass er sprechen würde.

»Ähm ... Ich überlasse es Ihnen, den Rest von Bridgets Garderobe zu besprechen. Bridget, kommen Sie bitte zu mir in den Speisesaal, wenn Miss Phelps fertig ist.«

Er verließ eilig den Raum und ging seinen Freunden entgegen, die gerade durch die Vordertür hereinkamen. Graham und Phillip waren an diesem Morgen ausgeritten. Phillip stützte sich schwerer als sonst auf seinen Stock, und Trystan spürte einen Stich des Mitgefühls für seinen Freund. Das Reiten war für Phillip nicht einfacher als das Gehen. Jegliche Bewegung schmerzte in seinem kaputten Bein.

»Schön, dass ihr wieder da seid«, sagte Trystan.

»Wo ist das Mädchen?« Graham zog seine Reithandschuhe aus und schaute sich um.

»Sie wird für ihre neue Garderobe ausgemessen.« Trystan lud seine Freunde zu einem leichten Mittagessen in den Speisesaal ein.

»Wie ist es heute Morgen gelaufen?«, fragte Phillip.

»Besser als erwartet«, sagte Trystan. »Der Vater des

Mädchens war Anwalt, und die Mutter war zwar nicht adelig, aber sehr gebildet. Es geht weniger darum, ihr eine neue Art zu sprechen beizubringen, als vielmehr darum, sie an die alte Art zu erinnern, wie sie sprach, bevor ihre Mutter starb und sie gezwungen war, mit diesem Grobian in der Taverne zu leben.«

»Ihre Mutter ist gestorben? Das muss sehr schmerzhaft für sie gewesen sein«, sagte Phillip mitfühlend.

»Ich nehme es an.« Trystan hatte ehrlich gesagt nicht viel über den Hintergrund des Mädchens oder ihre Gefühle nachgedacht. Das Mädchen war ein Experiment, ein Scherz, um der High Society einen Streich zu spielen. Er notierte sich in Gedanken, dass er in Zukunft versuchen würde, ein wenig mehr über ihre Gefühle nachzudenken, solange es seine Fähigkeit, die Wette zu gewinnen, nicht beeinträchtigte.

Er, Phillip und Graham setzten sich zum Mittagessen in den Speisesaal und unterhielten sich über ihre Freunde in London und die neuesten Skandale, in die Grahams älterer Bruder und seine Freunde verwickelt waren. Als sie gerade fertig waren, stürmte Bridget herein.

»Habe ich das Mittagessen verpasst?«, fragte sie atemlos, die Wangen vor Erregung gerötet. Trystan konnte nicht anders, als sich vorzustellen, wie sie mit demselben Gesichtsausdruck unter ihm in einem Bett lag, während er mit ihr Liebe machte. Und einfach so war ihm schon wieder heiß. Er zupfte mit einem Finger am Kragen seines Halstuches, um es zu lockern, und sah weg, während er auf Lateinisch bis zehn zählte. Es ging doch nichts über eine tote Sprache, wenn man versuchen wollte, die Lust eines Mannes zu töten.

»Essen Sie schnell und kommen Sie dann zu uns an die Treppe«, sagte Trystan, als er den Raum verließ. Er musste sich selbst wieder unter Kontrolle bringen.

Es ist nur, dass sie ein Bad und ein neues Kleid bekommen hat. Jede Frau würde durch solche Dinge verbessert werden. Ein Mann kann eine irdische Kreatur schätzen und ein wenig Lust empfinden, aber das bedeutet nichts.

Sie zog ihn einfach in ihren Bann, entweder durch ihr wildes Verhalten oder weil sie ihn mit ihren Argumenten einfach nur frustrierte. Alles, was er brauchte, war ein wenig Erleichterung. Er hatte im Moment keine Mätresse, und auch das war ein Teil des Problems. Er war kein Mann, der Bordelle aufsuchte, zumindest nicht im ländlichen Cornwall. Es war ein Jammer, dass die Romani, die im letzten Herbst sein Land besucht hatten, nicht zurückgekehrt waren. Er hätte sich gerne in das Bett einer dieser rabenschwarzen Schönheiten geschlichen. Aber sie waren nicht hier. Bridget allerdings schon. Er wollte nicht zugeben, dass Phillip Recht behalten sollte, als er geahnt hatte, dass das Mädchen eine Versuchung darstellen würde.

Verdammt! Sie ist ein Experiment. Eine Wette. Ich will sie nicht mit ins Bett nehmen.

Als Bridget bei der Treppe auftauchte, hatte er die Waffe seiner Wahl bereit. Graham und Phillip gesellten sich zu ihnen, beide gespannt auf die Katastrophe, die Trystan in seiner nächsten Stunde erwartete.

»Nehmen Sie das.« Er reichte Bridget das dünne Buch, das er in der Hand gehalten hatte. Sie nahm es misstrauisch entgegen.

»Sollen wir mehr Lesestunden abhalten?«

»Nein, Sie werden jetzt *Gehstunden* nehmen.« Er zeigte auf das obere Ende der Treppe. »Gehen Sie auf die oberste Stufe, legen Sie sich das Ding auf den Kopf und dann kommen Sie zu mir herunter, ohne es fallen zu lassen. Sie dürfen das Geländer nicht berühren.«

Bridget stieß einen langgezogenen Seufzer aus, ihre lavendelfarbenen Augen verengten sich, als sie murrend die Treppe hinaufmarschierte.

»Du weißt, ich habe noch nie gesehen, dass eine Frau diesen Trick gelernt hat«, sagte Graham. »Nicht einmal meine Schwester Ellen, und die ist ziemlich anmutig.«

»Nun, nicht alle Frauen müssen Anmut üben. Diese Kreatur hat zu viel Zeit damit verbracht, wie ein Bursche in einer Taverne herumzuschlendern.«

»*Kreatur?*«, rief Bridget vom oberen Ende der Treppe. »Du verdammter Angeber.«

Trystan ignorierte sie. »Sie muss lernen, sowohl ihre

Bewegungen als auch ihre Worte zu mildern.« Er verschränkte die Arme und rief die Treppe hinauf. »Und jetzt kommen Sie herunter, Bridget.«

Das Mädchen stand auf der obersten Stufe und legte das Buch auf ihren Kopf. Es dauerte einen Moment, ehe sie den richtigen Winkel fand, um das Gleichgewicht zu halten. Dann machte sie einen Schritt nach unten. Das Buch rutschte sofort weg und fiel auf den Boden. Sie stieß einen undamenhaften Fluch aus.

»Noch einmal«, befahl er. »Ohne das Fluchen, wenn ich bitten darf.«

Über eineinhalb Stunden lang versuchte das Mädchen es immer wieder. Sie schaffte es schließlich bis zur Hälfte der Treppe, bevor das Buch abrutschte, aber da zitterte sie schon vor Frustration und Erschöpfung.

»Trys, lass das Mädchen einen Moment atmen. Sogar *ich* bin erschöpft vom Zusehen«, beschwerte sich Graham. Er lungerte auf den unteren Stufen, hatte die Beine übereinandergeschlagen und klopfte müßig mit den Zehen seiner Stiefel gegeneinander.

Trystan ging bis zur Mitte der Treppe und nahm Bridget das Buch aus der Hand.

»Sie haben es zu *eilig*, kleine Katze. Jedes Mal, wenn Sie diese Stelle erreichen, bewegen Sie sich ein klein wenig schneller. Das ist der Grund, warum Sie das Buch verlieren. Machen. Sie. Langsamer.« Mit diesen letzten drei Worten tippte er ihr auf die Spitze ihrer entzückenden kleinen Nase und legte ihr dann das Buch wieder in die Hand.

»Noch einmal. Wirklich konzentrieren. Danach dürfen Sie sich ausruhen.« Als sie sich abwenden wollte, um die Treppe wieder hinaufzugehen, ergriff er sanft ihr Handgelenk, so dass sie ihn wieder ansah.

»Denken Sie dieses Mal an Ihre Mutter. Stellen Sie sich vor, was es bedeutet, zu schweben, als ob Sie aus den Wolken zu mir herabsteigen würden. In diesem Moment sind Sie eine Prinzessin. Sie sind die Anmut und Eleganz selbst. Sie haben keinen Grund zur Eile. Die Welt wartet gerne auf *Ihre* Ankunft.« Dann ließ er ihr Handgelenk los und kehrte zu seiner Position am Fuß der Treppe zurück.

Diesmal holte Bridget langsam und tief Luft. Sie legte das Buch zurück auf ihren Kopf.

»Die Welt wartet auf Sie«, flüsterte er leise, und er spürte, dass sie ihn hörte. Die Anspannung in ihren Schultern schien zu verschwinden, und sie streckte die Arme nur leicht vom Körper ab, als sie begann, die Treppe herunterzusteigen.

Trystan hielt gebannt den Atem an, als er das Mädchen wie auf einer Wolke zu ihm herunterschweben sah. Er konnte kaum sehen, wie sich ihre Füße bewegten, so sanft und kontrolliert waren ihre Schritte. Als sie unten ankam, hob sie langsam eine Hand, um ihre Röcke zu raffen, und versank dann in einem Knicks. Das

Buch blieb genau dort, wo es sein sollte, auf ihrem Kopf. Trystans Lippen öffneten sich geradezu schockiert. *Das* hatte er nicht erwartet.

»Mein Gott, sie hat es geschafft!«, jubelte Phillip.

Der Bann brach, und Trystan nahm das Buch von Bridgets Kopf. Sie sah ihn mit Hoffnung und Aufregung in den Augen an, und verdammt, er wollte sie loben, bis ihm die Stimme versagte. Aber das konnte er nicht tun.

»Äh, ja. Gut gemacht. Morgen beginnen wir eine neue Lektion. Sie haben den Abend frei, außer zum Abendessen natürlich. Ich habe Briefe zu schreiben. Wir müssen vor dem Ball noch Einladungen für Sie besorgen, damit wir für Lady Tremaine bereit sind.« Dann ließ er Bridget am Fuß der Treppe stehen und ignorierte das Aufflackern von Neid, das er verspürte, als seine Freunde sie mit Lob überschütteten. Er wusste jetzt, dass er Abstand halten musste, damit er nicht den Fehler machte, die kleine Höllenkatze zu küssen.

Sie zu küssen, wäre in der Tat sehr schlimm.

Bridget konnte kaum glauben, dass fast eine Woche vergangen war, seit sie in Trystans Haus in Cornwall angekommen war. Die Tage waren dank des intensiven Unterrichts, der sie jeden Abend vom Morgengrauen bis weit nach dem Abendessen beschäftigte, wie im Flug vergangen. Am sechsten Tag wachte sie auf, weil ganz in ihrer Nähe Mrs. Story und das Dienstmädchen Marvella aufgeregt miteinander flüsterten.

Marvella hatte ihr jeden Morgen beim Anziehen geholfen, und Bridget hatte sich schnell mit der jungen Frau angefreundet. Aber sie war noch viel zu schläfrig, um zu verstehen, warum das Dienstmädchen und die Haushälterin in ihrem Zimmer herumhantierten, während sie zu schlafen versuchte.

»Sie sind hier, Liebes. Sie sind da! Raus aus dem Bett, dummes Mädchen!«, rief die Haushälterin aus, während sie und Marvella einen Stapel großer Schachteln hereinschleppten. *Dummes Mädchen* war, wie Bridget jetzt verstand, ein Kosename, den die Schottin für sie benutzte, und es machte ihr nichts mehr aus, wenn die Frau ihn sagte. Es brachte sie einfach zum Lächeln, und sie streckte sich.

Mrs. Story und Marvella stellten die Schachteln am Fußende des Bettes ab. Bridget schob ihre Decke zurück, kletterte aus dem Bett und gesellte sich zu den beiden, um zu untersuchen, was sie mitgebracht hatten.

»Was ist das?« Sie zupfte an einem der dicken roten Bänder, die eine der großen Schachteln zusammenhielten.

»Ihre Kleider, Kind! Miss Phelps hat sie gerade liefern lassen.« Mrs. Story gluckste und hob den Deckel der Schachtel an.

In Lagen von zartem Papier war ein leuchtend grünes Kleid eingewickelt, das mit Wildblumen in verschiedenen Farben bestickt war. Mit mehr als nur leichter Neugierde blickte sie zwischen den Wänden ihres Zimmers und den Blumen auf dem Kleid hin und her. Trystan hatte Miss Phelps seine Meinung über einige der Kleider gesagt, aber sie konnte sich nicht daran erinnern, dass er darum gebeten hatte, ein solches Kleid anfertigen zu lassen. Sie fragte sich, ob er zusätzliche Anweisungen an die Schneiderin geschickt hatte.

Mrs. Story, Marvella und Bridget packten den Rest der Kleider aus. Es dauerte eine ganze Weile, bis alle Sachen in dem großen Schrank gegenüber Bridgets Bett verstaut waren.

»Darf ich heute das grüne Kleid tragen?«, fragte sie die Haushälterin.

»Ja, Liebes. Marvella, sie ist jetzt in deiner Obhut. Ich muss zu meinen Pflichten zurückkehren.« Die Haushälterin zwinkerte ihnen zu, bevor sie sich verabschiedete.

Marvella, die fast im gleichen Alter war wie Bridget, kümmerte sich um Bridget wie eine Freundin oder sogar wie eine Schwester. Bridget, die nichts von beidem in ihrem Leben gehabt hatte, genoss diese Erfahrung. Marvella nahm das Kleid wieder aus dem Schrank und legte es auf dem Bett aus, damit sie noch einmal darüber seufzen konnten.

»Miss Phelps macht Kleider so gut wie jede Modistin in London«, sagte Marvella. »Ich sollte es wissen. Ich habe früher im Stadthaus Seiner Lordschaft in London gearbeitet. Ich habe immer Botengänge zu den verschiedenen Schneidereien gemacht.«

»Du hast London verlassen, um hierher zu kommen? Warum?«

Marvella biss sich auf die Lippe, und ihr hübsches

Gesicht wurde plötzlich eine Nuance blasser. »Sagen wir einfach, ich fühle mich hier auf dem Land sicherer. Nicht alle Männer sind so freundlich wie Seine Lordschaft. Es ist leicht, dass eine Frau unvorbereitet erwischt und ... verletzt wird.

Bridget verstand das viel besser, als Marvella ahnen konnte. »Bist du verletzt worden, Marvella?«

Das Dienstmädchen schniefte und wischte sich die Nase. »Beinahe. Ich hatte eine Besorgung zu machen, verstehen Sie, aber Seine Lordschaft kam zufällig nach Hause und sah, wie ich ein paar Häuser weiter von einem Mann angesprochen wurde. Er hat mich gerettet und direkt nach Hause gebracht, nachdem er ... mit dem Mann fertig geworden ist.«

»Mit ihm fertig geworden?«, fragte Bridget im Flüsterton. »Er hat ihn umgebracht?«

»Was? Nein! Nein, er hat ihm nur eine Tracht Prügel verpasst. Der Mann stöhnte am Ende ganz fürchterlich, und dann zwang Seine Lordschaft den Mann, sich bei mir zu entschuldigen! Kann man das glauben?«

»Nein, ich kann nicht. Er war immer so ein Tyrann mit mir.«

Marvella seufzte. »Er versucht, aus Ihnen eine Dame zu machen, Ihnen eine Chance zu geben, für die jedes Mädchen wie ich sterben würde. Das verstehen Sie doch, oder? Die Chance, die Sie erhalten haben? Wie gut das ist?«

»Ja«, stimmte Bridget zögernd zu. »Was ist passiert, nachdem der Mann dich angegriffen hat?«

»Seine Lordschaft hat mir angeboten, hier zu arbeiten und nicht in London. Ich war froh über die Veränderung. Die jungen Männer hier sind nett. Einer der Lakaien hier macht mir sogar den Hof, mit Blumen und allem Drum und Dran.« Ihre Wangen färbten sich hübsch rosa, und Bridget war froh, dass es Marvella so gut ging.

»Apropos Blumen, Marvella ... Mag Trystan, ich meine Seine Lordschaft, Wildblumen?« Sie nickte zu dem Kleid, das vor ihnen auf dem Bett lag.

»Ja, das tut er. Das tat auch sein Vater. Das hat etwas mit der Mutter Seiner Lordschaft zu tun, glaube ich. Sie war eine Zigeunerin, müssen Sie wissen. Absolut wild, sagen sie, aber auf eine wunderbare Weise. Die älteren Bediensteten, die sich an sie erinnern, haben sie einfach geliebt.«

Bridget nickte. »Die Eltern seiner Lordschaft sind beide tot?«

»Ja, seine Mutter starb, als er noch sehr jung war. Sein Vater hat ihn sehr geliebt, und nach ihrem Tod sind sie sich noch näher gekommen.«

Bridget hatte so viele Fragen, aber Marvella hatte nicht viele Antworten, denn was Bridget wissen wollte, war privat und persönlich für Trystan und kein Thema für den Klatsch seines Hauspersonals.

Das Kleid, das Miss Phelps für sie angefertigt hatte, passte viel besser als jedes Kleid, das sie von Marvella geliehen hatte, die einige Zentimeter größer war als sie. Das Dienstmädchen half ihr mit den Haaren und band sie mit einem grünen Band im Nacken zurück. Mrs. Story hatte Bridget vor einigen Tagen die Haare geschnitten, und das Ergebnis war wunderbar. Bridget hatte entdeckt, dass es gar nicht so lästig war, lange Haare zu haben. Sobald ihr Haar sauber war, fühlte es sich weich und seidig an. Sie liebte es, abends mit den Händen darüber zu streichen, nachdem Marvella es auf Hochglanz gebürstet hatte.

Sie musste auch zugeben, dass Trystan mit den heißen Bädern recht gehabt hatte. Sie waren wunderbar. Sie wünschte, sie könnte jeden Abend eines nehmen, aber sie wollte nicht, dass die armen Lakaien ständig Eimer mit heißem Wasser nur für sie die Treppe hinauf- und hinunterschleppen mussten.

»So, alles erledigt.« Marvella lächelte Bridget in ihrem Spiegelbild an, während sie ihre Hände auf Bridgets Schultern ruhen ließ.

»Ich bin bereit?«, fragte sie.

Marvella lachte, und ihre braunen Augen funkelten. »Das hoffe ich sehr. Mir fällt nichts mehr ein, was ich tun könnte. Sie sollten jetzt besser Seine Lordschaft finden. Ich bin sicher, er hat schon Ihre nächste Lektion geplant.«

Der gesamte Haushalt war darüber informiert worden, warum Bridget hier war und dass sie Teil der Wette zwischen Trystan und Graham war. Bridget war immer noch nicht gerade erfreut darüber, im Mittelpunkt eines Spiels zwischen zwei gelangweilten Gentlemen zu stehen, aber sie hatte sich Trystans Worte zu Herzen genommen. Am Ende würde sie ein anderes Leben haben, ein *besseres* Leben. Das war es wert, dafür zu kämpfen.

Bridget verließ ihr Schlafgemach und fand den Butler, Mr. Chavenage, als sie den Korridor entlangeilte.

Der Butler verbeugte sich höflich vor ihr, als wäre sie eine große Lady. »Ahh, guten Morgen, Miss Ringgold.«

»Entschuldigen Sie, Mr. Chavenage, wo ist Trystan, ich meine Seine Lordschaft?«

»Ich glaube, er ist im Esszimmer.«

»Danke.« Sie ging in den Speisesaal und fand Trystan vor, der gerade die verschiedenen Bestecke zurechtrückte. Auch Kent und Graham waren bei ihm, beide sitzend und entspannt, das Bild von Gentlemen, die nichts Wichtiges zu tun hatten.

»Ahh, gut, da sind Sie ja«, sagte Trystan, ohne zu ihr aufzublicken. »Wir werden heute noch einmal das Verhalten beim Abendessen behandeln. Setzen Sie sich.« Er zeigte auf einen Stuhl, und sie ging darauf zu. Dann hielt sie inne und stützte ihre Hände auf die Stuhllehne, während sie darauf wartete, dass Trystan ihr Kleid bemerkte. Sie hatte sich für das Modell entschieden, von dem sie überzeugt war, dass er es entworfen hatte, und sie wollte die Anerkennung in seinen Augen dafür sehen, wie sie darin aussah.

Kent blickte zwischen ihr und Trystan hin und her, bevor er sich höflich räusperte. »Sie sehen heute wunderschön aus, Miss Ringgold.«

»Danke, Lord Kent«, antwortete sie in ihrem geübten, kultivierten Ton.

»Sieht sie nicht gut aus, Trystan?«, forderte Kent ihn auf, etwas zu sagen.

Trystan schwebte ein paar Stühle entfernt über den Gedecken und schaute sie kaum an. »Natürlich tut sie das. Die Kleider, die ich für sie habe entwerfen lassen, kosteten ein Vermögen. Es wäre unmöglich, dass sie schlecht aussieht.«

Die gefühllose Bemerkung traf Bridget wie ein Dolchstoß ins Herz, aber sie war kein weiches Geschöpf wie die Damen, an die Trystan zweifellos gewöhnt war. Das jahrelange Leben am Rande der Gesellschaft hatte sie hart gemacht. Doch die harten Worte, die ihr auf die Lippen traten, erstarben, bevor sie sie aussprechen konnte. Sie erinnerte sich an das Versprechen, das er ihr gegeben hatte, die Dinge, die ihr gehören würden, wenn sie sich benahm. Den törichten Mann anzuschreien, hätte zwar dafür gesorgt, dass sie sich besser fühlte, aber es hätte ihr nicht geholfen, das zu erreichen, was sie brauchte. Wenn sie es nicht besser wüsste, könnte sie sogar glauben, dass es sich um einen Test handelte, um sie zu provozieren. Leider war Trystan wirklich *so* unempfindlich gegenüber den Gefühlen seiner Mitmenschen.

»Setzen Sie sich, kleine Katze.« Schließlich richtete Trystan seine Aufmerksamkeit auf sie. »Wir haben morgen Abend eine Dinnerparty bei meiner Großtante in der Nähe von hier. Ich muss sicher sein, dass Sie mit dem Abendessen zurechtkommen. Beginnen wir mit Ihrer Prüfung.«

Sie glitt auf den ihr zugewiesenen Stuhl und wartete darauf, dass er begann. Er begann, wie so oft, auf und ab zu gehen. Sie hatte noch nie einen Mann mit so viel Energie getroffen, aber es war eine Energie, die ihn zur Unruhe trieb.

»Sie haben gerade eine Einladung zum Abendessen in zwei Wochen erhalten. Wie schnell schicken Sie Ihre Antwort und warum?«

»Ich schicke meine Antwort innerhalb eines Tages, denn die Hausherrin braucht eine Vorankündigung, damit sie genügend Essen zubereiten und den Tisch für die entsprechende Anzahl von Gästen decken kann.«

Trystan nickte zustimmend. »Nun, es ist der Abend des Dinners. Wie früh oder spät kommen Sie dort an?«

»Es ist am besten, wenn man etwa fünfzehn Minuten vor ...« Wie hatte Trystan es formuliert? »... vor der für den Beginn des Abendessens festgelegten Zeit ankommt?«

»Und was ist, wenn Sie durch ein Missgeschick zu spät kommen?«, schaltete sich Graham mit einem schelmischen Augenzwinkern ein. Er saß ihr gegenüber und lehnte sich in seinem Stuhl zurück, einen Arm über die Rückenlehne des Nachbarstuhls gelegt.

»Ich ...« Sie hatte nicht viel über das Zuspätkommen gelernt, weil Trystan ihr eingebläut hatte, dass sie es nicht *wagen* würde, zu spät zu kommen. Sie fuhr selbstbewusster fort. »Eine Lady kann sich vielleicht bis zu einer halben Stunde verspäten? Aber ein Gentleman darf überhaupt nicht zu spät kommen. Das ist unentschuldbar.«

Graham schien leicht enttäuscht, dass sie die richtigen Antworten kannte. »Schande über Sie, Bridget. Sie sollten nicht so schlau sein.«

Bridget fand nicht, dass sie clever war. Es war einfach logisch, sich daran zu erinnern, dass Frauen bei gesellschaftlichen Auftritten etwas nachsichtiger behandelt wurden als Männer. Der Unterricht hatte ihr gezeigt, wie lange es für eine Lady im Vergleich zu Männern dauern konnte, sich anzuziehen, also schien es akzeptabel, wenn sie sich aufgrund von Problemen mit ihrer Garderobe ein wenig verspäteten.

Trystan nahm seine Fragestellung wieder auf. »Bridget, wenn Sie in dem Haus ankommen, in dem Sie zum Abendessen eingeladen sind, in welches Zimmer gehen Sie dann zuerst?«

»In den Salon.«

Trystan stützte sich mit den Händen auf die Lehne des Stuhls neben Graham, sodass der gezwungen war, seinen Arm herunterzunehmen. »Und wer geht zuerst?«

»Wer geht zuerst in den Salon?« Bridget zappelte nervös herum. Sie hasste es, sich die Reihenfolge merken zu müssen, wie man einen Raum zu betreten hatte. Es war schwierig, weil es jedes Mal anders war, je nachdem, wer gerade anwesend war.

»Ja.«

»Die Damen treten zuerst ein, und es gilt als schlechtes Benehmen, wenn eine Dame und ein Herr nebeneinander eintreten.«

»Und?« Trystans Blick konzentrierte sich intensiv auf ihr Gesicht und ließ sie noch mehr zusammenzucken. Es war so schwer, still zu sitzen, wenn er sie so ansah. »Wie wird die Reihenfolge des Eintretens festgelegt? In welcher Reihenfolge gehen die Anwesenden hinein?«

»Ja, sagen Sie uns das«, warf Graham ein. »Wenn Trystan, Kent und ich im Salon sind und es Zeit ist, von dort weiter ins Esszimmer zu gehen, wer betritt dann zuerst das Esszimmer?« Er grinste wie ein Wolf, der ein einsames Schaf auf einem Hügel erspäht hatte, ohne einen Hirten weit und breit.

»Wer von Ihnen dreien würde zuerst gehen?«

»Graham«, warnte Kent, »sie muss nicht wissen, dass ...«

»Ich nehme an, dass zwischen den beiden Grafen entschieden wird, wer zuerst eintritt, entweder aufgrund des Alters - der Ältere zuerst - oder vielleicht der Gentleman, der den Titel eines Grafen schon länger trägt?« Sie versuchte, den Anflug von Panik zu ignorieren, den sie beim Raten verspürte. »Aber ich weiß, dass Sie von den drei Männern ...« Sie sah Graham jetzt mit etwas mehr Amüsement an. »... der *letzte* sein würden, als der Gentleman ohne Titel.«

Kent brach in Gelächter aus, als er Grahams säuerlichen Gesichtsausdruck sah. »Sie hat Recht. Graham, sag ihr gefälligst, dass sie recht hat.«

»Das hat sie«, murmelte er.

Sogar Trystan lächelte, und Bridget brüstete sich ein wenig.

»Trystan, wer von uns beiden würde zuerst hineingehen?«, fragte Kent, als er es endlich schaffte, mit dem Lachen aufzuhören.

»Ich weiß es wirklich nicht. Wir haben immer nur in dem Moment eine Entscheidung getroffen, nicht wahr?«, bemerkte Trystan mit einem leisen Glucksen. »Vielleicht muss ich mein Buch über *Etikette für Gentlemen* wieder einmal zu Rate ziehen.«

»Tu das nur«, schnaubte Graham, seine gute Laune

wiederhergestellt. »Wollten wir heute nicht Tanzunterricht erteilen? Essenskonventionen sind *so* mühsam.«

»Später«, sagte Trystan. »Nun, Bridget, was sind die beiden Arten von Essgewohnheiten?«

»Äh … sie heißen *á la russe* und *á la française*.«

Trystan nickte mit Blick auf die leeren Teller, die auf der Anrichte standen. »Und was sind die Unterschiede?«

»Das *á la française* hat nur drei Gänge. Sie werden nach einem bestimmten Muster auf dem Tisch ausgelegt. Es würde Suppe, Fisch und Fleisch geben. Zuerst kommen die Vorspeisen, dann das Fleisch und an dritter Stelle das Dessert. Bei *á la russe* ist es einfacher, alle Gänge werden auf Platten auf der Anrichte bereitgestellt. Die Diener bringen diese Platten zu den Gästen, die sich selbst bedienen, bevor die Platte zum nächsten Gast gebracht wird. Es werden weniger Gerichte pro Gang serviert, dafür aber mehr Gänge insgesamt.«

»*Nicht so viele* Gerichte«, korrigierte Trystan. »Gerichte sind zählbar. Nehmen wir jetzt an, jemand reicht Ihnen Brot.« Er griff nach einer Blumenvase auf dem Tisch, pflückte eine große Blüte von einer der Rosen und legte sie vor ihr auf den Teller.

Sie nahm die Blüte auf und legte sie nach links. »Ich nehme es und platziere es auf meine linke Seite.«

»Und schneidet man es mit einem Messer oder reißt man es mit den Händen auseinander?«, fragte er.

Dies war eine Fangfrage. Logischerweise müsste man

glauben, dass das Reißen mit den Händen ungehobelt erscheinen würde, aber in diesem Fall war es genau das Gegenteil. Das Messer wurde in dieser Situation als unangemessen betrachtet.

»Ich reiße es mit meinen Händen in zwei Hälften.«

»Gut, und welche beiden Themen dürfen beim Abendessen nicht angesprochen werden?«

»Religion und Politik.«

»Eine gute Lektion fürs Leben, wirklich«, sagte Kent halb zu sich selbst.

»Richtig«, lobte Trystan. »Jetzt lasst uns zu Mittag essen, und alles, was Sie gelernt haben, können Sie dabei in der Praxis anwenden. Danach beginnen wir mit dem Tanzunterricht«, sagte Trystan, bevor er nach dem Butler läutete, der ihnen das Mittagessen servieren lassen sollte.

»FÜR NUR EINE WOCHE MACHT SIE SICH SEHR GUT«, sagte Kent zu Trystan, als sie den kleinen Ballsaal im Westflügel seines Hauses betraten.

»Das ist richtig, aber es gibt vieles, was auf sie zukommen kann, was wir nicht planen können. Ich muss versuchen, an alles zu denken.« Trystan wusste, wie unberechenbar Abendessen sein konnten, trotz der Regeln, die sie alle zu befolgen gelernt hatten.

Schlimmer wäre es, wenn einer der Gäste sozusagen Blut riechen würde. Es gab Leute, die, wenn sie den Verdacht haben würden, dass mit Bridget etwas nicht stimmte, jedes Anzeichen von Schwäche in ihrer Fassade prüfen würden.

»Du hast ihr heute Morgen kein einziges Kompliment gemacht«, sagte Kent. Die Spitze seines Stocks klopfte leise auf den Boden, als sie Graham und Bridget in den Ballsaal folgten.

Trystans Blick schweifte über Bridgets Figur. Sie hatte sich für ein Kleid entschieden, das kurz nach dem Besuch von Mrs. Phelps selbst der Bestellung hinzugefügt hatte. Er hatte einige Ergänzungen vorgenommen, die auf seinen eigenen Vorlieben beruhten und darauf, welche Farben seiner Meinung nach am besten zu ihr passten. Grün brachte ihre Augen zum Leuchten, und er liebte Blumen auf dem Kleid einer Frau. In seinen Augen hatten Frauen und Blumen eine heilige Verbindung. Vielleicht lag es am Zigeunerblut seiner Mutter, aber wegen ihr sah er Frauen und Natur als untrennbar miteinander verbunden an und glaubte daher, dass eine Frau so oft wie möglich von der Schönheit der Natur umgeben sein sollte.

Seine Mutter hatte Wildblumen geliebt. Nach ihrem Tod hatten er und sein Vater diese Verehrung gemeinsam übernommen, um sich an sie zu erinnern, anstatt sich vor ihrem Andenken zu verstecken. Sie hatten mehrere Räume des Hauses, darunter auch Bridgets Zimmer, so umgestaltet, dass sie einem wilden englischen Garten ähnelten.

»Sie sieht wirklich gut aus«, sagte Trystan schließlich zu Kent. »Es ist für Bridget gar nicht notwendig, das von mir zu hören. Sie weiß ganz genau, dass ihr das Kleid steht.«

Kent blickte an die Decke und stieß einen verzweifelten Seufzer aus.

»Ein kleines Kompliment hier und da wäre nicht verkehrt.«

»Doch, das wäre es sicherlich. Das Kätzchen ist ohnehin schon viel zu dreist. Ich muss ihr Selbstbewusstsein nicht noch weiter stärken. Sie hat reichlich davon.«

»Hat sie das?« Kent ließ die Frage in der Luft hängen, bevor er sich von Trystan löste und zu Graham und Bridget ging. Graham sagte etwas, woraufhin das Mädchen voller Begeisterung lachte. In Trystan regte sich etwas. Das Lachen einer Frau war immer angenehm zu hören, aber etwas an Bridgets Lachen berührte ihn anders. Er konnte nicht anders, als an lange Nächte mit ihr im Bett zu denken, an ihre kitzligen Stellen, nur um ihr Lachen zu hören.

Er fuhr sich mit der Hand durch die Haare und biss die Zähne zusammen, um das unwillkommene aufsteigende Verlangen in seinem Inneren zu unterdrücken.

»Fangen wir mit der Quadrille an«, verkündete Trystan, seine Stimme war härter, als er es beabsichtigt hatte, aber sie hatte den gewünschten Effekt, das Paar zu trennen und sie zur Sache zu bringen.

Graham warf ihm einen neugierigen Blick zu, trat aber zurück, so dass Trystan zwischen ihnen stehen konnte. Trystan erklärte Bridget, wie der Tanz funktionierte, und er demonstrierte die Schritte der Dame.

»Kent, schlage einen Rhythmus für sie«, schlug er vor. Kent begann mit seinem Stock einen Takt zu klopfen.

»Graham, zeig ihr die Schritte des Gentleman.«

Als er sich sicher war, dass sie es versuchen konnte, ließ er Bridget und Graham tanzen. Bridget konzentrierte sich sehr und zählte ihre Schritte, aber nach einer Weile entspannte sie sich, und bald strahlte sie triumphierend, denn sie tanzte so gut wie jedes Mädchen, das bei einem Meister gelernt hatte.

»Nun gut. Jetzt haben Sie die Quadrille gemeistert.«

»Trys, lass uns ihr ein paar Country-Tänze zeigen, nur für den Fall«, schlug Graham vor. »Wie ich Lady Tremaine kenne, wird sie vielleicht ein paar davon verlangen.«

»Gutes Argument«, stimmte Trystan zu. Schon bald zeigten sie ihr ein paar alberne, aber höchst unterhaltsame Tänze, bei denen viel gehüpft, geklatscht und geschwungen wurde. Dann gab er dem Mädchen einen

Moment Zeit, sich auszuruhen, und ließ Mr. Chavenage ihnen etwas Wasser bringen, um ihren Durst zu stillen, bevor sie weitermachten.

»Nun zur Etikette im Ballsaal«, begann Trystan.

»Äh, Trystan, du hast vergessen, ihr den Walzer beizubringen«, unterbrach Kent. »Ich weiß, dass es unwahrscheinlich ist, dass sie ihn ohne die Erlaubnis von Lady Tremaine tanzen darf, aber es ist besser, die Schritte zu kennen, als nicht, oder? Kent setzte sich auf einen Stuhl an der Wand und sah aus wie ein wohlwollender Ritter aus den Tagen von König Artus. Er hielt seinen Stock mit den Händen auf dem Griff, als wäre er ein Schwert.

»Ich werde ihr den Walzer zeigen.« Graham nahm Bridget in seine Arme, und das Mädchen versteifte sich angesichts der plötzlichen Nähe des Mannes und stolperte, als er sie in seiner Begeisterung fast über den Boden schleifte.

Trystan schob seinen Freund mit der Schulter aus dem Weg. »Ich glaube, es ist besser, wenn ich es ihr zeige.«

Er legte eine Hand tief in Bridgets Rücken, dann zog er eine ihrer Hände auf seine Schulter. Bei der kurzen Begegnung ihrer Hände brannte es heiß in ihm. Er versuchte, das Gefühl zu verdrängen, während er ihre andere Hand in die seine nahm. Ihre Augen weiteten sich ein wenig.

»Kommen Sie näher, ich beiße nicht.« Er gab ihr einen sanften Schubs, bewegte seine Hand an ihrer Hüfte zu ihrem Rücken und zog sie so dicht an sich, dass sich ihre Körper fast berührten.

»Und jetzt«, fuhr er fort.

Ihre Lippen öffneten sich, und ihre Zunge benetzte ihre Lippen ... Lippen, die plötzlich sehr weich und küssbar aussahen. Er hatte noch nie über ihren Mund nachgedacht, aber jetzt war er ganz darauf fixiert.

»Und jetzt?«, flüsterte sie.

Er konzentrierte sich wieder auf die Lektion. »Und jetzt ... richtig ... Der Schlüssel ist, anmutig und mühelos zu sein. Sie wollen nicht wie ein Tanzmeister wirken, und Sie wollen auch nicht starr sein und jeden Takt mitzählen. Sie wollen so tanzen, als hätten Sie Ihr ganzes Leben lang in einem Garten unter dem zunehmenden Mond getanzt, der Duft von Orchideen liegt in der Luft und Mondblumen blühen um Sie herum. Tanz ist Poesie in Bewegung, und Sie müssen zu dieser Poesie werden.«

Sie nickte, und der Blick ihrer Augen wurde durch einen Ausdruck tiefer Konzentration gemildert. Er glaubte, dass sie in Gedanken *tatsächlich* den Garten sah, von dem er sprach, und einen Augenblick lang glaubte auch er, sie seien in einem Garten unter dem Mond.

»Was machen wir als nächstes?«, fragte sie, und ihr heiseres Flüstern umschmeichelte seine Ohren.

Er schluckte und zwang sich erneut, sich zu

konzentrieren. »Folgen Sie meinem Beispiel. Eins, zwei, drei. Eins, zwei, drei.« Er zählte, während Kent mit seinem Stock den Rhythmus klopfte. Trystan begann einen seiner Lieblingswalzer zu summen, während er einen Schritt zurücktrat, und sie folgte seinem Beispiel.

Nach wenigen Augenblicken vergaß er, wo sie sich befanden, als sie gemeinsam durch den Raum wirbelten. Er hielt die feurige Schönheit in seinen Armen, und sie sah zu ihm auf, wobei sie seinen Blick keinen Augenblick lang losließ. *Das* war der Zauber des Walzers. Er ermöglichte es einem Mann und einer Frau, die Wärme des jeweils anderen Körpers zu spüren, sie fühlten sich einander so nahe, dass sie fast den gleichen Herzschlag hatten.

In diesem Augenblick vergaß Trystan die Wette, vergaß alles außer dieser Frau in seinen Armen. Seine Lippen verzogen sich zu einem Hauch von Lächeln, und ihr Blick war verträumt, als hätte sie immer nur auf einem Hügel mit den herrlichsten Wildblumen gelebt. Sie strahlte, ihre Schönheit unbeschreiblich, und das weibliche Geheimnis, das alle Frauen besitzen, haftete an ihr wie die Sterne am Nachthimmel.

Er würde sie küssen. Er würde in einem Moment herausfinden, wie diese Lippen schmeckten ...

Trystan beugte sich ganz leicht vor, und Bridget schloss die Augen, als sich ihre Nasen berührten.

»Ähm ...«, sagte Kent deutlich und ziemlich laut hinter Trystan.

Dann holte ihn die Realität wieder ein, und er ließ sie so schnell los, dass sie stolperte.

»So ... jetzt kennen Sie auch den Walzer«, sagte er sachlich. Abstand. Das war es, was er brauchte, um die verdammte kleine Katze nicht zu küssen. »Kent, warum erklärst du nicht die Tanzkarten und wie der Zeremonienmeister funktioniert?«

Er trat eilig in den Flur hinaus und lehnte sich mit dem Rücken an die Wand, um Luft zu holen. Was zum Teufel hatte er sich dabei gedacht? Fast hätte er den kleinen Wildfang vor den Augen seiner Freunde geküsst und ...

Und das war ganz und gar nicht akzeptabel. Es spielte keine Rolle, wie perfekt sie tanzte oder wie sie sich in seinen Armen anfühlte. Es spielte keine Rolle, wie sehr er sich wünschte, ihre Lippen zu schmecken und so viel mehr. Es spielte keine Rolle, weil er *es nicht zulassen konnte*. Er konnte nicht mit einem solchen Mädchen tändeln. Zum einen hatte er Kent ein Versprechen gegeben.

Er wollte auch nicht, dass das Mädchen irgendwelche Erwartungen entwickelte. Wenn er sie küsste, könnte sie das als ein Versprechen für die Zukunft verstehen. Aus diesem Grund trieb er sich nie mit unschuldigen jungen Frauen herum. Er bevorzugte

Kurtisanen als Mätressen. Oder lüsterne Witwen. Sie wussten, dass die Situation nur zum gegenseitigen Vergnügen war. Es war ja nicht so, dass er sich eine Frau nehmen wollte - und eine Frau mit ihrem Hintergrund zu nehmen, würde ihm *und dem Mädchen* unendlich viel Kummer bereiten. Er konnte den Skandal natürlich verkraften, aber sie würde von den anderen geächtet werden, sobald die Wahrheit herauskäme, und niemals zu gesellschaftlichen Anlässen eingeladen werden.

Seine Mutter hatte dieses Schicksal erlitten, und es war nicht leicht gewesen. So sehr er es auch liebte, gegen die Regeln zu verstoßen, oft auch nur zu seinem eigenen Vergnügen, so war er doch nicht bereit, eine Frau, zumal eine, mit der er selbst verheiratet wäre, dieses Schicksal erleiden zu lassen.

Es gibt Regeln, die selbst ich nicht brechen kann.

�舞 6 ✾

Etwas war anders. Bridget wusste das, und es beunruhigte sie. Gestern, als sie mit Trystan getanzt hatte, hatte sie sich in dem Moment verloren und getan, was er ihr gesagt hatte. Sie *wurde* der Walzer. Sie war Mondlicht, Blumen und Musik gewesen. Und für einen kurzen Moment war Trystan genau bei ihr gewesen, der Zauber des Walzers hatte aus zwei Wesen ein einziges gemacht.

Das hatte sie noch nie erlebt, außer vielleicht mit ihrer Mutter, als sie noch jung gewesen war. Sie hatten zusammen ein Buch über ferne Länder mit Namen wie *Indien* gelesen, und die Geschichte war wie eine wunderbare Magie lebendig geworden. Die Verbindung mit Trystan war ebenso wunderbar gewesen, aber auf eine andere Art und Weise. Es hatte etwas, auf diese Weise mit ihm zu tanzen, die Wärme seines Körpers an ihrem eigenen zu spüren. Sie wollte immer und immer wieder mit ihm tanzen, bis ihr schwindelig wurde von dem reizvollen Gewirbel.

Aber heute ging Trystan ihr aus dem Weg. Wenn sie nicht im Unterricht waren, schloss er sich in seinem Arbeitszimmer ein, mit der Anweisung, nicht gestört zu werden. Während des Unterrichts war er ihr gegenüber schroffer als je zuvor. Seine Distanz hätte sie nicht stören dürfen. Der Mann machte sie schließlich mit seinen Befehlen und ständigen Fragen verrückt. Aber es störte sie, und es *störte* sie, dass es sie störte, und *all das* war einfach unwillkommen.

»Männer«, murmelte sie, als sie unelegant die Treppe hinaufstapfte, um sich für das Abendessen umzuziehen.

Sie war ein nervöses Wrack, denn sie würde heute Trystans berüchtigte Großtante treffen. Graham hatte nicht wenige Witze über die Frau, ihr schlechtes Sehvermögen und ihr noch schlechteres Gehör gemacht. Trystan hatte die Hänseleien mit einem amüsierten Gesichtsausdruck ertragen, doch immer, wenn er von seiner Großtante sprach, klang er ziemlich angetan von der alten Frau. Ob das daran lag, dass sie seine letzte nahe Verwandte war, oder weil er sie wirklich mochte, konnte sie nicht sagen. Trotzdem wollte Bridget eigentlich einen guten Eindruck bei ihr hinterlassen. Doch anstatt hilfreiche Ratschläge zu geben, hatte Trystan sie immer wieder mit verschiedenen Themen über das Wetter gelöchert, das einzige Thema, über das sie an diesem Abend sprechen durfte.

Als sie zu protestieren versuchte und darauf hinwies, wie langweilig sie wirken würde, wenn sie nur über das Wetter reden könnte, hatte Trystan herausfordernd eine dunkle Augenbraue gehoben.

»Oh? Und wissen Sie etwas über Wirtschaft, Philosophie, Literatur oder Kunst?«

Die Verletzung, die diese Bemerkung bei ihr auslöste, musste sich in ihrem Gesicht widergespiegelt haben, denn er revidierte seine Worte schnell.

»Wenn wir mehr Zeit haben, bringe ich Ihnen alles bei, was Sie wissen wollen.«

»Alles?«, fragte sie.

»Alles Mögliche. Da wir aber heute Abend keine Zeit dafür haben, müssen Sie sich an Themen halten, die nur wenig Lernaufwand erfordern. Das Wetter und die Gesundheit von jemandem.«

Graham hatte eine wenig hilfreiche Diskussion über die verschiedenen Arten von Wolken begonnen, was sie nur noch mehr verwirrte. Sie konnte sich nicht mehr an den Unterschied zwischen Kumulus und Nimbus erinnern. Am Ende des Mittagessens war sie richtig verwirrt und mehr als nur ein bisschen wütend.

Als sie sich für das Abendessen anzog, hielt sie so lange wie möglich an ihrer Wut fest, um sich nicht ihrer

Angst stellen zu müssen. Ihre Wut konnte sie kontrollieren, ihre Angst nicht. Marvella wählte ein violettes Kleid mit Van-Dyck-Ärmeln und blassrosa Satinrosetten am Rocksaum. Bridget hatte das Kleid zusammen mit Miss Phelps selbst entworfen. Sie trug Pantoffeln, die zu den Rosetten passten, und rosafarbene Bänder, die ihr Haar in lockerer griechischer Manier zurückhielten.

Der Effekt war verblüffend. Sie war sich sicher, dass selbst Trystan nichts an ihrem Aussehen auszusetzen haben würde. Jedes Mal, wenn Bridget sich im Spiegel sah, konnte sie einfach nicht darüber hinwegkommen. Sie sah wirklich wie eine Dame aus. Sie wünschte nur, sie würde sich *wie eine fühlen*.

Als sie die Treppe hinunterging, um die Herren für die Kutschfahrt zum Abendessen zu treffen, begann die Angst zu überwiegen, und sie tat alles, um ihr Zittern zu verbergen. Was wäre, wenn Großtante Helena entdeckte, dass sie keine richtige Dame war? Würde sie hinausgeworfen werden und zu Fuß nach Hause gehen müssen?

Kent und Graham entdeckten sie zuerst. Draußen hörte sie Trystans Stimme, weil er mit dem Kutscher sprach.

»Alles in Ordnung, meine Liebe?«, fragte Kent, als sie das Ende der Treppe erreichte. »Sie wirken sehr blass.«

»Ich bin ein bisschen nervös«, gab sie zu.

Trystan erschien in der Tür. »Nervös? Sie brauchen

überhaupt nicht nervös zu sein, kleine Katze. Sie haben alles, was wir Ihnen zugemutet haben, hervorragend gemeistert, also hören Sie auf, sich dumme Gedanken zu machen. Kommen Sie mit. Wir dürfen nicht zu spät kommen.« Er ging wieder zur Tür hinaus und wartete, dass sie ihm folgte.

Kent bot Bridget seinen Arm an, den sie dankend annahm. Er begleitete sie zur Kutsche, dann packte Trystan sie von hinten an der Taille und hob sie hinein. Sie quietschte überrascht auf.

»Ach was, ich will nur dafür sorgen, dass es schneller geht«, sagte Trystan und gab ihr einen Klaps auf den Po, woraufhin sie in die Kutsche sprang.

»Oh! Oh, Sie widerlicher ...« Aber bevor sie auf ihn losgehen konnte, legte er eine behandschuhte Fingerspitze auf ihre Lippen und brachte sie zum Schweigen. Dann legte er ihr sanft die Hand auf die Schulter und drückte sie auf ihren Sitz, bevor er sich neben sie setzte. Sie zog die Kapuze ihres dunkelvioletten Mantels hoch und weigerte sich, ihn anzusehen. Stattdessen unterhielt sie sich während der zwanzigminütigen Fahrt mit Graham und Kent.

Auf halbem Weg ratterte die Kutsche durch ein tiefes Schlagloch, und sie wurde in Trystans Schoß geschleudert, als der Wagen zur Seite kippte. Trystan fing sie auf und drückte sie an sich, als sie aufschrie.

»Na, na. Ich habe dich, kleiner Wildfang«, sagte er

mit überraschender Sanftmut. Sie schlang ihre Arme um seinen Hals, und sie starrten sich einen langen Moment lang an. Dann räusperte er sich und schob sie von seinem Schoß. Für den Rest der Fahrt ignorierte sie ihn wieder.

Als sie am Haus von Lady Helena ankamen, verließen Graham und Kent als erste den Wagen, gefolgt von Trystan. Er packte sie erneut an der Taille und hob sie von der Kutsche herunter.

»Jetzt seien Sie nicht nervös«, murmelte er. »Wenn sie nicht mehr wissen, was sie tun oder sagen könnten, wenden Sie sich einfach an Kent oder mich. Wir werden Ihnen helfen.«

»Was, wenn Lady Helena herausfindet, wer ich bin? Sie könnte mich rausschmeißen.«

Trystan tippte mit seinem Finger auf ihre Nase. »Sie weiß es bereits. Das habe ich ihr gesagt, als ich versuchte, Ihren Namen zu den Einladungen zur Dinnerparty hinzuzufügen.«

»Sie weiß es?« Bridget keuchte entsetzt auf.

»Oh, sie wird nichts dagegen haben. Sie weiß, dass ich immer Wege finde, mich zu amüsieren. Dies ist nicht anders. Sie war ziemlich neugierig auf Sie und dieses ganze Unterfangen, als sie mir zurückschrieb.«

Neugierig? Bridget war sich nicht sicher, ob das so tröstlich war, wie Trystan es gemeint hatte.

»Und jetzt kommen Sie, und hören Sie auf zu

zappeln.« Trystan begleitete sie die Treppe hinauf zu Lady Helenas Haus, einem alten Herrenhaus aus Stein, das dem von Trystan ähnelte, aber kleiner war.

Lady Helena war die Tante von Trystans Vater. Sie war zweiundsiebzig Jahre alt und hatte nie geheiratet. Sie hatte das Haus von ihrem Vater, Trystans Großvater, geschenkt bekommen und verwaltete es über Jahre hinweg als Hausherrin.

Das Personal begrüßte sie herzlich. Bridget erlaubte Trystan, ihr den Mantel abzunehmen, und sie genoss die kurze wohlige Berührung seiner Hände auf ihren Oberarmen. Dann folgte sie nervös dem Butler, der sie in den Salon begleitete. Die Männer folgten ihnen. Im Salon saß eine kleine Gruppe von fünf Gästen - zwei Paare, die mindestens zwei Jahrzehnte älter waren als sie, und eine ältere Frau. Es war diese Frau, die aufstand, und Bridget ging zu ihr, um sie zu begrüßen.

»Ich danke Ihnen für die Einladung, Lady Helena. Es ist schön, Sie kennenzulernen.« Bridget versank in einem leichten Knicks.

»Gern geschehen, meine Liebe. *Herzlich willkommen.* Erlauben Sie mir, Ihnen meine anderen Gäste vorzustellen.«

»Das sind Mr. und Mrs. Babcock. Sie kommen von dem Grundstück neben meinem. Und das hier sind Mr. und Mrs. Rutledge. Sie sind meine Nachbarn in südlicher Richtung.«

»Es ist schön, Sie alle kennenzulernen.« Bridget begrüßte die beiden Paare so, wie sie es gelernt hatte.

Sie war erleichtert, als Trystan, Kent und Graham sich vorstellten und sich problemlos mit den Gästen unterhielten, so dass sie für einen Moment in den Hintergrund treten konnte. Sie blieb still und verfolgte den Verlauf der Diskussion. Es schien allen so leicht zu fallen, besonders Trystan. Trotz seines oft schroffen Auftretens ihr gegenüber war er charmant und sanft zu den Gästen seiner Großtante.

Bridget nutzte die Tatsache, dass das Gespräch nicht an sie gerichtet war, um Trystans Tante zu mustern. Trotz des Alters der Frau sah sie jünger aus, als Bridget angesichts von Grahams Witzen erwartet hatte, und wirkte für ihr Alter recht rüstig. Sie hatte zwar ein kleines Hörrohr auf dem Schoß und hielt häufig ein Monokel hoch, durch das sie jeden beobachtete, aber sie war nicht die alte, ahnungslose Frau, die Bridget erwartet hatte. Als Lady Helena das Monokel auf sie richtete, sah sie das listige Funkeln in den Augen der Frau.

»Kommen Sie doch mal hierher, meine Liebe.« Lady Helena winkte Bridget zu einem leeren Stuhl neben sich. Bridget setzte sich, erleichtert darüber, dass die anderen noch in ihr eigenes Gespräch vertieft waren.

»Bridget ...« Lady Helena kostete den Namen auf ihrer Zunge. »Hmmmm. Ein schöner und starker Name.

Das ist gut. Sie müssen auch stark sein, um mit meinem Großneffen umgehen zu können. Er ist ein Schurke, aber wenn Sie seine lästige Seite überleben, werden Sie bald feststellen, dass er ein richtiger Gentleman sein kann.«

Bridget hätte ihr gerne widersprochen, aber sie erinnerte sich daran, was Marvella über Trystan gesagt hatte, der den Mann verprügelt hatte, der sie angegriffen hatte.

»Sie brauchen gar nicht so still zu sein, meine Liebe«, fuhr Lady Helena fort.

»Ich bitte um Entschuldigung, aber mir wurde gesagt, dass ich nur über das Wetter und die Gesundheit anderer Leute sprechen darf. Geht es Ihnen gut, Madame, und glauben Sie, dass es morgen regnen wird?«

Lady Helena schnaubte. »Ich bin *alt*, Bridget, das ist genug über meine Gesundheit. Und was das Wetter angeht: Ich verlasse das Haus nicht, also ist es mir ziemlich egal. Ich möchte wissen, wie Sie hier bei meinem Großneffen gelandet sind. Er erzählte mir, dass Sie unter seiner Obhut standen, um zu lernen, wie man sich angemessen unterhält, und sich in Etikette zu üben. Aber so wie ich Trystan kenne, steckt mehr dahinter.«

Bridget warf einen Blick auf die anderen Gäste, die sich am anderen Ende des Raumes unterhielten.

»Machen Sie sich keine Sorgen um sie. Von da drüben können sie uns nicht belauschen.«

Lady Helena hatte etwas an sich, dem Bridget sofort vertraute.

»Nun, das ist eine ziemlich lange Geschichte.«

»Ich habe doch erwähnt, dass ich alt bin, oder nicht? Versuchen Sie die kurze Version.«

»Nun, Trystan fand mich, als ich in einer Taverne in Penzance arbeitete, und wettete um seine Jagdhütte, dass er alle davon überzeugen könnte, dass ich eine Dame sei.«

»Er hat *was* getan? Ich nehme an, Sie sollten mir doch lieber die lange Version erzählen.«

Bridget erzählte Lady Helena ihre Geschichte und kam gerade zum Schluss, als der Butler verkündete, das Abendessen sei fertig.

Lady Helena streckte ihre Hand aus und drückte Bridgets Finger. »Wir werden später mehr darüber sprechen.«

Bridget warf einen Blick auf Trystan. Es sah so aus, als würde ihre Prüfung nun offiziell beginnen. Sie überließ es Lady Helena, die Damen in den Speisesaal zu führen, und war die Letzte, bevor sich die Herren hinter ihr anstellten. Trystan war der erste, der nach ihr eintrat, und seine Hand berührte kurz ihre und drückte sie leicht. Die willkommene, aber unerwartete Berührung erschreckte sie so sehr, dass sie beinahe gestolpert wäre.

Sie wurde von einem Lakaien zu einem Stuhl geführt, und als sie bemerkte, dass die anderen Damen ihre langen Abendhandschuhe auszogen, tat sie es ihnen gleich und steckte sie weg. Dann legte sie ihre Serviette in den Schoß und betete, dass sie das Essen überstehen würde, ohne sich zu blamieren.

DAS MÄDCHEN MACHTE DAS EINFACH GUT, SOGAR *prächtig*. Hätte er sich nicht so sehr an ihre kleinen verräterischen Gesten gewöhnt, hätte er nie gemerkt, wie nervös sie war. Sie präsentierte sich als eine ausgeglichene Lady, deren Auftreten der Inbegriff von Ruhe war. Durch einen glücklichen Zufall oder, was wahrscheinlicher war, durch die kluge Planung seiner Tante hatte er neben Bridget Platz genommen, denn Bridget könnte Trystan brauchen, wenn sie in Schwierigkeiten geriet.

Als der erste Gang serviert wurde, ahmte Bridget sorgfältig alle um sie herum nach und sagte nur wenig.

»Miss Ringgold, Sie kommen aus Yorkshire, nicht wahr?«, erkundigte sich Mr. Babcock. Er war der Herr, der links neben Bridget saß.

»Ja«, antwortete sie, ging aber nicht weiter darauf ein.

»Kaltes Land da oben«, fuhr Mr. Babcock fort. »Ich habe gehört, dass sie dort eine größere Textilindustrie aufbauen wollen. Immer mehr Baumwolle, das sagen sie.« Mr. Babcock wartete auf ihre Antwort, und für eine Sekunde befürchtete Trystan, dass sie erstarren würde, wenn sie keinen Zusammenhang zwischen den Baumwollspinnereien und dem Wetter oder Babcocks Gesundheit herstellen konnte.

»Äh ... ja. Ich glaube, wir hoffen, dass wir bei der Baumwollproduktion bald mit den Midlands gleichziehen können. Angesichts der Tatsache, dass Baumwolle fast vierzig Prozent der britischen Exporte ausmacht, wäre es klug, dem Beispiel der Midlands zu folgen und dieses Wirtschaftswachstum auszubauen. Meine Sorge gilt jedoch den Arbeitsbedingungen in diesen Fabriken. Wir haben so viel Zeit und Energie auf die Verbesserung der Technologie in den Fabriken verwendet, aber wir haben keine Schritte unternommen, um die Fabriken *sicherer* zu machen. Wenn wir nicht aufpassen, könnten sich die Ludditen wieder erheben, wie sie es 1779 getan haben.«

Es herrschte betretenes Schweigen, und Trystan saß wie betäubt da.

Mr. Babcock erhob sein Glas auf Bridget. »Ganz recht, Miss Bridget, hört, hört. Wenn wir die Arbeitsbedingungen verbessern, werden die Arbeiter sicher mehr Baumwolle produzieren, was uns allen zugute kommt.«

Trystan, der dankbar für seine Selbstbeherrschung war, schaffte es, seinen Schock zu verbergen. Woher wusste das Mädchen *irgendetwas* über Baumwollspinnereien oder Ludditenaufstände? Das hatten sie in keiner ihrer Lektionen behandelt. Er spürte, dass ihn jemand beobachtete, und als er sich umdrehte, sah er, dass seine Großtante ihn anstarrte. Sie hatte das Monokel erhoben, und ihre Augen fixierten ihn. Er trank schnell ein ganzes Glas Wein und konzentrierte sich auf das Gespräch, bereit, sich in die Diskussion über Baumwollspinnereien zu stürzen, wenn es nötig war.

Der Rest des Abends verlief gut, zum Glück ohne weitere Überraschungen. Als die Ladys in den Salon zurückkehrten, blieben die Männer zurück, um Zigarren zu rauchen und einen Portwein zu genießen. Trystan war zuversichtlich, dass Bridget für eine kurze Zeit ohne ihn auskommen würde.

Als die Herren eine halbe Stunde später zu den Damen in den Salon zurückkehrten, war Bridget in ein lebhaftes Gespräch mit den anderen Frauen vertieft, die ihr gebannt zuhörten. Mrs. Rutledge fächelte sich Luft zu und sah gleichzeitig empört und erfreut aus.

Zutiefst beunruhigt über die reißerische Tavernengeschichte, die Bridget ihnen offenbar gerade erzählte, ging er auf sie zu. Er bekam lediglich noch das Ende von Bridgets Geschichte mit.

»Und dann machten die Inselbewohner den Piratenkönig zu ihrem Häuptling.«

»Was? Die Kannibalen?« Mrs. Babcock schnappte nach Luft.

»Ja. Aber dann wurde ihm klar, dass sie ihn wahrscheinlich bald essen würden, wie alle ihre Häuptlinge, also hat er – oh hallo, Trystan.« Bridget lächelte ihn an, als er in der Nähe der Frauentraube stehen blieb. Er konnte nicht zulassen, dass Bridget die Geschichte zu Ende erzählte. Der Himmel allein wusste, wie eine Geschichte über Piraten und Kannibalen enden würde, wenn er sie fortfahren ließe.

Seine Großtante seufzte. »Ahh, Trystan, ich nehme an, du willst jetzt gehen und mich der wunderbar unterhaltsamen Gesellschaft von Miss Ringgold berauben. Bridget, Liebes, Sie sollten mich nächste Woche zum Mittagessen besuchen kommen.«

»Ja, Lady Helena«, stimmte das Mädchen sofort zu. Sie bedankte sich bei der älteren Frau und folgte Trystan, der sie in die Halle begleitete, wo Lakaien mit ihren Umhängen warteten. Graham und Kent schlossen sich ihnen an, und sie stiegen wieder in die Kutsche, um nach Hause zu fahren.

»Das hast du gut gemacht, Trystan. Nicht ein einziger Ausrutscher«, sagte Kent.

»Das war es in der Tat. Wir sind auf einem guten Weg.« Trotz der ziemlich reißerischen Geschichte, die das Mädchen erzählt hatte, schienen die Frauen sie zu mögen, und die Männer waren von ihrem erstaunlichen Wissen über die Baumwollindustrie beeindruckt. Trystan lächelte süffisant. Die Wette war auf dem besten Weg, gewonnen zu werden.

»Woher zum Teufel wissen Sie so viel über Baumwolle, Bridget?«, fragte Graham.

»Ja, woher wussten Sie das?«, fragte Trystan.

Sie sah zwischen den beiden hin und her und zuckte leicht mit den Schultern. »Ich habe zwar in einer Kneipe gearbeitet, aber ich habe immer darauf geachtet, was die Leute sagen.«

»Nun, Sie waren ziemlich brillant«, lobte Phillip. »Ich denke, Sie könnten eine gute Wirtschaftswissenschaftlerin werden, wenn Sie weiter studieren.«

»Glauben Sie das wirklich?«, fragte sie ihn.

»Ja, vielleicht kann Trystan Ihnen nach diesem Ball ja noch mehr wichtige Dinge beibringen. Das würdest du tun, oder?«, fragte Phillip ihn.

»Ja, natürlich, wenn das Mädchen lernen will, bringe ich ihr alles bei.« Das war ihm ziemlich ernst, und es brachte ihn bereits auf wunderbare Ideen, wie er Bridget als Mann verkleidet im Herrenhaus präsentieren und sie sprechen lassen könnte. Der Gedanke daran ließ ihn schelmisch grinsen.

Als sie das Haus erreichten, war Trystan gut gelaunt und hatte Lust zu feiern. Infolgedessen vergaß er, Bridget aus der Kutsche zu helfen. Als er sich umdrehte, um das zu korrigieren, hatte Kent ihr bereits aus dem Wagen geholfen. Bridget war still, und er vermutete, dass sie von dem Abend erschöpft war.

»Gehen Sie gleich ins Bett, Bridget. Ruhen Sie sich

aus«, sagte er ihr und ging mit seinen Freunden in den Billardraum.

Die beiden anderen Männer waren ihm vorausgegangen, aber irgendetwas ließ ihn innehalten und den Korridor entlang zurückblicken. Das Mädchen war *nicht* auf dem Weg nach oben. Sie stand ganz still im Foyer, den Mantel noch immer um die Schultern. Plötzlich drehte sie sich um und ging durch die offene Haustür hinaus, wobei Mr. Chavenage ihr verwirrt hinterherblickte. Der Butler rief ihren Namen, aber das Mädchen kam nicht zurück ins Haus.

»Willst du einen Brandy, Trys?«, bot Graham aus dem Billardzimmer an.

»Fangt ohne mich an. Ich bin gleich wieder da.« Er eilte durch den Flur zu seinem Butler.

»Mylord, Miss Ringgold ist gerade gegangen ...«

»Ja, habe ich gesehen, danke.« Er stürmte in die Nacht hinaus und verfolgte seine lästige Schülerin.

Der Mond stand hell über ihm und der Himmel war voller Sterne, so dass er Bridget leicht erkennen konnte, wie sie den Kiesweg entlangging, der um sein Haus herumführte. Ihm war sofort klar, wohin sie auf dem Weg zu sein schien.

Mit einem Knurren stürmte er hinter ihr her und holte sie gerade ein, als sie die Ställe betrat. Er ergriff ihren Arm und zog sie zum Stehen. Sie wirbelte herum und sah ihn an, ihr Gesichtsausdruck bebte vor weiblicher Wut.

»Du solltest im Bett sein. Wir haben morgen noch mehr zu tun.« Er hielt ihr Handgelenk fest, und sie zerrte daran, um sich zu befreien, aber der Versuch war nur halbherzig.

»Ich war nicht *bereit*, schlafen zu gehen«, erwiderte sie. »Ich musste einen klaren Kopf bekommen, bevor ich dir die *verdammte* Nase blutig schlage.« Sie war voller Feuer und Wut. Trystan war von diesem Ausbruch fasziniert.

»Aus welchem Grund denn?«

»Weil du mir nicht gesagt hast, *dass ich* heute Abend gute Arbeit geleistet habe. Du und die anderen, ihr wart die ganze Zeit damit beschäftigt, euch selbst zu beglückwünschen. *Ich* habe den heutigen Abend zu einem Erfolg gemacht. *Ich*!« Sie zerrte wieder an ihrem Handgelenk, aber Trystan hielt sie immer noch fest, und es gelang ihr nur, sich zu ihm zu ziehen, so dass ihre Körper zusammenstießen. Mit der anderen Hand griff er nach ihrer Hüfte, um sie zu beruhigen. Die Kapuze ihres Umhangs fiel zurück, und ihr Atem entwich in einem Rausch.

Vielleicht war es das Feuer in ihr oder der Duft von warmem Heu in einer kühlen Frühlingsnacht, aber etwas entfaltete sich und breitete seine bösen Flügel in Trystan aus.

»Wenn du mir noch einmal zu nahe kommst, Bridget, wirst du es bereuen«, warnte er.

»*Dir* zu nahe kommen?« Sie zischte und stapfte auf seine gestiefelten Zehen. Mit einem leisen Knurren wirbelte er sie herum, schob ihren Mantel beiseite, drückte sie gegen die Stallwand und verpasste ihr einen Klaps auf den Hintern. Sie schrie eher vor Wut als vor Schmerz auf, denn er hatte sie gar nicht hart getroffen.

»Ich bin kein Kind! Du kannst mich nicht wie eines behandeln.« Sie rang mit ihm, aber er hielt sie zwischen seinem Körper und der Wand gefangen.

»Nein, du bist definitiv kein Kind.« Er verpasste ihr vier weitere leichte Klapse, bevor seine Hand auf ihrem Hintern pausierte. Er atmete schwer.

Sein eigener Körper war so elektrisch, als hätte ihn ein Blitz getroffen. Sie schaute über die Schulter zu ihm, ihre Augen wurden von den Hängelampen im Stall erleuchtet. Er sah einen sinnlichen Hunger in ihr, jenes uralte Bedürfnis, das sich oft nicht in Worte fassen ließ, sondern nur durch Handlungen des Fleisches befreit werden konnte.

»Wenn du mich weiter so ansiehst, küsse ich dich«, warnte er, seine Stimme war rau und ein wenig tiefer als sonst. Er fühlte sich in diesem Moment mehr wie ein Urtier als wie ein Mensch.

»Das würdest du nicht wagen«, schoss Bridget

zurück. »Du hast ziemlich deutlich gemacht, dass du mich als unter deiner Würde betrachtest.«

»Da solltest du dich glücklich schätzen.« Das brennende Streichholz, das sie mit diesen Worten zwischen sie beide geworfen hatte, hatte den Zunder getroffen. Er drehte sie zu sich herum und drückte sie ein zweites Mal gegen die Wand. Er legte seine Hand in ihren Nacken und hielt ihren Kopf fest, während er sich nach unten beugte und seinen Mund auf den ihren legte.

Ihre Lippen waren so weich, wie er es sich vorgestellt hatte. Bridgets Mund öffnete sich unter seinem, und er tauchte tiefer ein, seine Zunge suchte ihre. Sie schüttelte sich in seinen Armen, als wäre sie überrascht, und wurde dann weich. Es gab nichts Schöneres, als wenn eine Frau *mit ihm verschmolz*, aber diese Frau zu haben, fühlte sich irgendwie reicher und tiefer an als jede andere Erfahrung, die er je gemacht hatte.

Er fuhr mit den Fingern durch ihr Haar und lockerte die Frisur mit all ihren sorgfältig platzierten Nadeln, bis ihr Haar über seine Fingerknöchel floss und seine Haut kitzelte. Gott, er liebte ihr seidiges Haar. Er wollte spüren, wie es seine Brust streichelte, während sie seinen Körper ritt und er unter ihr lag.

Die Bestrafung, die er mit seinem Kuss beabsichtigt hatte, änderte sich zwischen Bridgets erstem leisen Stöhnen und ihrem zweiten. Er ließ in seinem Kuss nicht nach, aber er wurde sanfter in seinem Verlangen nach ihrem Mund. Trystan ließ eine Hand an ihrem Körper hinuntergleiten, um ihren Po zu umfassen und zu drücken. Bridget stellte sich auf die Zehenspitzen, schlang ihre Arme um seinen Hals und klammerte sich an ihn. Durch ihre Reaktion ermutigt, hob er sie hoch und schob seinen Schenkel zwischen ihre, während er ihre Röcke raffte und hochzog. Sie wimmerte und presste sich keuchend gegen seine Lippen.

»Reite mich«, ermutigte er sie, während er sie dazu drängte, sich an seinem Oberschenkel zu reiben, indem er seine Handfläche gegen ihren Po drückte.

Dann küsste er sie wieder, und sie antwortete genauso gierig. Sie schaukelte auf ihm und rieb sich an seinem Oberschenkel. Er knurrte, sein Schwanz fühlte sich an, als würde er seine Hose zerreißen. Er verpasste ihr einen weiteren leichten Schlag auf den Hintern, und Bridget schrie auf, ihre Arme legten sich um seinen Hals, als sie zum Höhepunkt kam.

Trystan küsste sie jetzt sanft, viel zärtlicher, als sie zu zittern begann. War sie jemals mit einem Mann zusammen gewesen? Er hatte nie daran gedacht, sie zu fragen. Er vermutete, dass sie es nicht getan hatte, und etwas in ihm erwärmte sich bei dem Gedanken, dass er derjenige gewesen war, der ihr gezeigt hatte, wie man diese Erlösung finden konnte. Als sie endlich aufhörte zu zittern, schob er seine Finger unter ihr Kinn, damit sie zu ihm aufschaute.

»Geht es dir gut?«

Die lavendelfarbenen Augen verloren ihren verträumten Blick und begannen sich zu weiten. »Was zum Teufel hast du mit mir gemacht? Ich ...« Dann schubste sie ihn und zog ihre Röcke wieder herunter.

Jetzt spürte er, wie sein eigenes Temperament anstieg. »Was habe *ich* getan?« Er war immer noch hart und wollte unbedingt seine eigene Erlösung finden. Das Kätzchen hatte die Frechheit, wütend auf ihn zu sein, obwohl sie ihr eigenes Vergnügen gefunden hatte?

Bridgets Blick senkte sich, und sie sah die Wirkung, die ihr Kuss auf ihn hatte. Mit einem rücksichtslosen Glanz in den Augen hob sie ihre Röcke an und stieß ihm mit dem Knie in die Leistengegend.

Seine Augen weiteten sich. Es war etwas passiert. Es war schlimm. Aber er hatte es noch nicht vollständig registriert. Er bekam kaum mit, wie sie aus den Ställen zurück zum Haus eilte.

Er stöhnte auf, ging zwei Schritte hinter ihr her und fiel dann auf die Knie. Es war, als ob ihm alle Energie entzogen worden wäre. Ein seltsames Gefühl, dachte er, denn er hatte keine Kraft zu sprechen.

Dann kam der Schmerz. Er hätte schwören können, dass er seinen eigenen Körper wie von weit oben sah, als er auf die Seite kippte und ihm die wahre Bedeutung von *Leiden* bewusst wurde.

Es dauerte mehrere Minuten, bis er wieder klar denken konnte.

Diese Höllenkatze würde sein Tod sein. Aber tief im Inneren wusste er, dass er das verdient hatte. Und er wusste auch, dass Kent Recht hatte. Er war versucht, aber er fürchtete, dass es nichts mit der Bequemlichkeit ihrer Anwesenheit zu tun hatte, sondern etwas anderes war, das er nicht zu benennen wagte.

❦ 7 ❦

Bridget betrachtete den schönen Fuchswallach, den der Knecht aus dem Stall gebracht hatte. Kent und Graham lächelten über ihren verwirrten Gesichtsausdruck.

»Er ist für *mich*?«, fragte sie. »Auf ihm darf ich heute reiten?«

»Auf ihm dürfen Sie *jeden Tag* reiten«, korrigierte Kent. »Ich habe ihn für Sie gekauft. Er ist ein Geschenk, weil du Sie gut im Unterricht sind. Außerdem müssen Sie ein Pferd haben, mit dem Sie sich fortbewegen können, wenn die Wette vorbei ist.« Kents Augen funkelten, als er sich auf seinen Stock stützte. Der Schmerz, der so oft seine Züge überschattete, verblasste hinter seiner Freude und Aufregung. Bridget konnte nicht glauben, dass er ihr ein *Pferd gekauft hatte*. Allein die Qualität des Tieres verriet ihr, dass es sich um eine teure Kreatur handelte, die sie sich allein niemals hätte leisten können. Sie blickte unter ihren Wimpern hindurch zu Trystan, der dicht daneben stand und finster dreinblickte.

Sie war diejenige, die das Recht gehabt hätte, die Stirn zu runzeln, nicht er. Nach dem, was am vergangenen Abend geschehen war, war sie diejenige, die wütend war. Es war schon schlimm genug, sie wie ein Kind zu versohlen, aber sie dazu zu bringen, es zu genießen, und dann auch noch das zu genießen, was danach gekommen war, und dann noch so verdammt arrogant zu sein ... nun, über einfach *alles*.

»*Ich* hätte dem Mädchen ein Pferd kaufen sollen«, brummte Trystan.

»Nun, das hast du nicht. Von alleine wärst du auch gar nicht darauf gekommen«, sagte Kent, dessen Freude ungebrochen war. »Bridget, kommen Sie her und streicheln Sie ihn, damit er Ihren Geruch wahrnimmt.« Kent drängte sie, sich mit ihm zu dem Pferd zu gesellen. »Sein Name ist Beau. Er ist zwei Jahre alt und der pfiffigste Strolch, den Sie je gesehen haben. Ich kann es kaum erwarten, Sie mit ihm im Hyde Park reiten zu sehen.«

»Sie werden von allen Damen und Herren beneidet werden«, sagte Graham. »Das ist ein feines Tier. Ich habe Kent geholfen, ihn auszuwählen.«

Sie griff nach oben und streichelte das Pferd. Das

Tier stieß ihre Hand zur Begrüßung an. Sie warf Graham einen abschätzenden Blick zu, während sie Beau die Nase streichelte. »Ich dachte, Sie wollten nicht, dass ich diese Wette gewinne.«

»Abgesehen von Wetten verdient jede Lady ein gutes Pferd. Außerdem, auch wenn ich nicht möchte, dass Trys gewinnt, heißt das nicht, dass ich Sie dafür verantwortlich machen möchte. Sie waren ein sehr guter Kumpel, indem Sie unseren Launen nachgegeben haben. Sie haben etwas dafür verdient, sich mit uns ‚verwöhnten Schickimickis‘ abgegeben zu haben, nicht wahr?« Er gluckste.

Beaus dunkelbraune Augen blickten in die ihren, und sie spürte, wie ein Gefühl des Friedens über sie kam. Sie hatte gehört, dass Pferde so sein konnten.

»Ich liebe Pferde, aber ich bin noch nie geritten.«

Trystan gesellte sich zu ihnen und machte ein ungläubiges Gesicht. »Aber du hast in einem verdammten Stall gelebt.«

»Ich habe nur dort geschlafen, damit mich niemand findet. Die Männer waren oft furchtbar betrunken, und es ist leichter, eine Tür in der Kneipe einzutreten, als auf eine Leiter zu steigen. Aber ich bin noch nie auf einem Pferd geritten, kein einziges Mal.«

»Dann werden Sie es heute lernen.« Kent strahlte sie an. »Reiten ist eine Freiheit, nach der man bald süchtig wird.« Dann wandte er sich an Trystan. »Sieht sie nicht schick aus in ihrem neuen Reitkleid?«

Zu ihrem burgunderroten Reitkleid aus Samt gehörte ein passender Hut, der auf ihrem Kopf thronte und mit einer schönen Fasanenfeder verziert war. Sie fand es toll, wie sie darin aussah, hatte aber nicht bedacht, dass das Anziehen bedeutete, dass sie auf ein Pferd steigen würde. Sie war zu sehr damit beschäftigt gewesen, sich vor dem Spiegel zu drehen und ihr Spiegelbild wie eine dumme Elster zu bewundern.

»Du weißt genau, dass sie das tut«, sagte Trystan mürrisch. »Komm her, Bridget. Ich werde dir helfen.« Er ergriff ihre Hand und zog sie zu sich heran. Sie war so sehr auf das Gefühl seiner Hand konzentriert, dass sie nicht bemerkte, wie er sie hochhob, bis ihr Hintern in den Sattel plumpste. Sie war plötzlich wie erstarrt vor Angst, als ihre Beine beide auf der gleichen Seite des Pferdes baumelten. Sie saß fast seitlich darauf, was sich nicht im Geringsten stabil oder sicher anfühlte.

»Bridget?« Trystans Stimme klang seltsam distanziert. Das Einzige, was sie wirklich deutlich hören konnte, war ein Klingeln in ihren Ohren, und alles, was sie spürte, war das Pochen ihres Herzens, das so stark schlug, dass es sich aus ihrer Brust zu lösen schien.

»Ich ...« Sie hatte zu viel Angst, sich zu bewegen, geschweige denn zu sprechen. Sie saß ziemlich hoch über dem Boden, und das Pferd fühlte sich riesig, mächtig, *gefährlich* unter ihrem Körper an. Was, wenn er sie abwerfen und dann zertrampeln würde? Was wäre, wenn er stürzen und sie unter sich vergraben würde?

»Vielleicht sollte ich ...«, begann Trystan, doch anstatt seinen Gedanken zu Ende zu führen, stieg er hinter ihr auf.

Das Gefühl von Trystans Stärke und die Unterstützung, sich an ihn lehnen zu können, beruhigte ihre wirbelnden, panischen Gedanken wie ein Schwarm Stare, die alle auf einmal auf dem Boden landeten.

»Besser?«, fragte er.

»J-ja. Ich hatte nur ein bisschen Angst«, gab sie zu, wobei ihre Stimme immer noch zitterte.

»Brauchst du nicht, kleine Katze. Ich halte dich jetzt fest. Ich werde dir beibringen, was du wissen musst.«

Irgendwie hatten ihr Streit gestern Abend und die wundersame, fast beängstigende Freude danach sie verändert. Nicht dass sie genau sagen könnte, wie. Alles, was sie wusste, war, dass sie sich weniger wütend über ihn fühlte als gestern Abend ... Und stattdessen seltsamerweise eher getröstet.

Kent und Graham bestiegen ihre Pferde und trabten vor Bridget und Trystan los.

»Das Reiten im Damensattel ist eine Lektion für einen anderen Tag«, sagte er. »Zieh dein linkes Bein rüber, so ist es gut, gutes Mädchen. Heben deine Röcke hoch, damit du dich über das Pferd spreizen kannst. Da ich die Steigbügel benutze, hältst du dich einfach mit den Knien an ihm fest.«

Sie hob ihre Röcke an und ließ ihre Beine an den Seiten des Pferdes herunterhängen, dann drückte sie ihre Knie leicht in die Flanken des Tieres und sicherte so den Halt ihres Körpers auf dem Pferd. Es fühlte sich viel stabiler an als die Art und Weise, in der sie zuvor gesessen hatte, als sie halb seitlich auf dem Rücken des Tieres gehockt hatte.

»Warum reiten Frauen so komisch zur Seite?«, fragte sie ihn.

»Ich fürchte, das wirst du als eine ziemlich dumme Antwort empfinden«, gab Trystan zu bedenken, während er das Pferd mit einem leichten Tritt anspornte.

»Sag es mir.«

»Die Gesellschaft ... die höfliche Gesellschaft jedenfalls ...«, begann er.

»Damit meinst du *Männer*«, warf Bridget ein, die ahnte, worauf das Thema hinauslaufen würde.

»Äh, ja. Nun, sie sind der Meinung, dass Frauen nicht das Gefühl haben sollten ... wie soll ich es ausdrücken? Sie befürchten, dass sich eine Frau durch die Bewegung zwischen ihren Schenkeln *erregt fühlen könnte*. Außerdem können Männer nicht so viel von den Beinen einer Frau sehen, wenn sie im Damensattel reitet.«

»Oh, das klingt wirklich albern«, stimmte sie zu. Sie stellte sich vor, wie viele Frauen vom Pferd fallen würden, weil sie so unbequem und instabil sitzen mussten. Alles wegen dem, was einige *Männer* dachten.

»Ich stimme im Grunde genommen zu, aber ich denke, eine Frau *sollte* Freude empfinden, wenn sie es wünscht, und ich glaube, ich habe das Recht, ihre schönen Beine zu sehen, wenn sie sich entscheidet, sie zu entblößen.« Er gluckste, und der satte Klang dröhnte aus seiner Brust in ihren Rücken. Bridget mochte Trystan, wenn er entspannt war und nicht damit beschäftigte, Befehle zu erteilen.

Graham ritt im Galopp die Straße hinunter, während Kent sein Pferd neben Trystan und Bridget hielt, als sie die Auffahrt zum Haus hinunterritten. Die Allee war von Kastanienbäumen gesäumt, deren frische Blätter in der leichten Brise tanzten, während die Sonne sanft und warm auf Bridgets Gesicht schien. Trotz der fernen Wolken konnte sie den sauberen Duft von frischem Regen riechen und ahnte, dass sie bald einen Regenschauer bekommen würden.

Trystan begann wieder mit dem Unterricht, und Bridget fand dieses Klassenzimmer auf dem Pferderücken besser als den Esstisch oder die Bibliothek. Trotz ihrer wachsenden Liebe zu Trystans Büchern liebte sie es viel mehr, draußen in der Welt zu sein.

»Jetzt sollten wir einige Verhaltensweisen besprechen, die du lernen solltest, für die Zeit, wenn du in der Stadt bist«, begann er.

»Wo sollen wir anfangen?«, fragte Kent.

»Gehen, würde ich meinen«, fuhr Trystan fort. »Bridget, hörst du mir zu?«

»Ja.« Sie schenkte Kent ein kleines Lächeln, der zu bemerken schien, dass sie geträumt hatte. Er erwiderte das geheimnisvolle Lächeln.

»Es gibt modische Zeiten, um in den Hyde Park zu gehen, wenn man spazieren gehen und von anderen in der Gesellschaft gesehen werden möchte. Zwischen fünf und sechs Uhr abends ...« Er redete von modischen Zeiten für verschiedene Aktivitäten, und sie hörte nicht mehr zu. Erst als er ihr in den Hintern kniff, zuckte sie zusammen, setzte sich aufrecht hin und konzentrierte sich wieder.

»Als junge unverheiratete Frau darf man nicht allein gehen. Du musst eine zugelassene Aufsichtsperson bei dir haben. Wenn du verheiratet bist, kannst du mit einer Begleitperson gehen, die keine Anstandsdame sein muss. Wenn du nun jemanden siehst, den du kennst, und du möchtest ihn begrüßen, musst du der Person mit dem höheren Rang erlauben, dich zuerst anzuerkennen, es sei denn, es handelt sich um einen Mann. Selbst wenn er ein Herzog ist, *du* bist die Dame und hast die Macht, ihn zuerst zu begrüßen. Als Frau hast du immer das Recht, einen Mann zuerst anzusprechen. Die einzige Ausnahme wäre, wenn der Herr seit langem eine intime oder vertraute Bekanntschaft mit dir hat.«

Dies war ein *wenig* interessanter als die Regeln der modischen Stunden.

»Wie würde ich so jemanden begrüßen?«, fragte sie. Sie bezweifelte, dass sie jemals jemanden erkennen würde, aber es war eine Frage wert.

Ihre Hände hielten jetzt ganz leicht die Zügel des Pferdes fest. Trystans Hände hielten auch die Zügel, und ihre Finger berührten sich gelegentlich, während das Pferd weiterlief. Funken des Bewusstseins tanzten ihre Arme hinauf. Sie versuchte, nicht daran zu denken, dass er keine Handschuhe trug und auf ihren Hintern geklopft hatte, aber der bloße Gedanke daran ließ Wellen der Lust in ihrem Unterleib brennen.

»Eine Dame wird sich leicht verbeugen oder den Kopf neigen. Ein Gentleman verbeugt sich tief und zieht seinen Hut vollständig vom Kopf. Wenn er in deiner Anwesenheit lediglich die Krempe seines Hutes berührt, ist das inakzeptabel«, fuhr Trystan fort, ohne ihre Gedanken zu bemerken.

»Würdest du einen Mann verprügeln, der mir das antut?«, fragte sie in einem neckischen Tonfall. Kent lachte.

»Vielleicht«, sagte Trystan ganz ernst. »Der Respekt vor Frauen ist die höchste Form der Höflichkeit. Du bist das schönere Geschlecht und verdienst eine solche Behandlung, die das widerspiegelt.«

Wäre Kent nicht da gewesen, hätte sie Trystan

gefragt, ob es respektvoll sei, eine Frau zu versohlen und sie dann so zu küssen, wie er es getan hatte. Sie würde zu gerne sehen, wie er darauf reagieren würde. Der Mann würde wahrscheinlich herumstottern und ihr dann erneut den Hintern versohlen. Sie biss sich auf die Lippe, um ein Lächeln bei dem Gedanken zu verbergen. Sie begann zu erkennen, dass ein frustrierter Trystan ein leidenschaftlicher Trystan war. Vielleicht hatte sie sich zu schnell über ihn geärgert. Schließlich hatte ihr alles, was gestern Abend passiert war, sehr gut gefallen. Zuerst hatte sie das leugnen wollen, aber jetzt konnte sie es nicht mehr.

Sie ritten noch eine Viertelstunde über seine Ländereien, bevor sie eine alte, halb im Wald versteckte Ruine entdeckte.

»Was ist das?« Sie zeigte auf die Ruinen.

»Teil einer alten sächsischen Kirche«, sagte Trystan.

»Können wir es uns ansehen?«, fragte Bridget aufgeregt.

»Mach schon, nimm sie mit dorthin, Trys. Ich werde Graham einholen.« Kent trieb sein Pferd in Richtung der entfernten Gestalt Grahams, der immer noch über das Feld galoppierte.

Sie und Trystan ritten allein im Schritt weiter. Als sie den Rand des Steingebäudes erreichten, rutschte er aus dem Sattel und half ihr herunter. Einen Moment lang lagen seine Hände auf ihrer Taille und ihre auf seinen

Schultern. Sie blickte in das warme Whiskeybraun seiner Augen und wurde wieder einmal von einem verbotenen Hunger nach ihm erfüllt.

»Wegen gestern Abend«, sagte er langsam, sein Tonfall war sanft und zögerlich. »Ich muss mich entschuldigen für ... für das, was ich getan habe.«

»Mich zu versohlen wie ein Kind und mich dann zu küssen ... Und alles, was danach kam?«, fragte sie. Keiner von ihnen bewegte sich. Die Luft fühlte sich plötzlich wie aufgeladen an, als ob ein aufziehender Sturm über ihnen lag.

»Nun ...« Seine Lippen zuckten, als er sich ein teuflisches Lächeln nicht ganz verkneifen konnte. »Ich entschuldige mich nur für den *Ton*, in dem ich mit dir gesprochen habe. Zu allem anderen stehe ich, Höllenkatze.« Trystan ließ ihre Hüften los, und sie gingen auf die Ruinen zu. Die Art und Weise, wie er *Höllenkatze* sagte, klang diesmal weniger eine Beleidigung als vielmehr eine Zärtlichkeit.

»Trotzdem hast du mich versohlt wie ein Kind!«, protestierte sie.

»Das hatte nichts damit zu tun, dass ich dich wie ein Kind behandelt habe. Ich weiß sehr wohl, dass du eine erwachsene Frau bist.« Trystans Stimme wurde tiefer, und Bridget erschauderte, aber nicht vor Angst.

»Womit hat es dann zu tun?«

Obwohl niemand in der Nähe war, um sie zu hören,

wusste sie irgendwie, dass ihre Frage eine Diskussion verbotener Natur auslösen würde, und sie blickte sich um. Sie blieben am Eingang stehen, wo eine niedrige Mauer stand, die etwas höher als ihre Taille war. Sie wusste, dass er sie hinhielt, während er sich an die bröckelnde Steinmauer lehnte und das Fundament studierte. Ein Teil des Gebäudes stand noch, aber ein Großteil war eingestürzt.

»Trystan, bitte, du musst es mir sagen.« Sie stellte sich neben ihn, hob ihre Röcke an und versuchte, auf den unteren Teil der Mauer zu springen, aber der war zu hoch. Nachdem er ihre frustrierten Versuche beobachtet hatte, hob er sie hoch und setzte sie auf der Mauer ab, so dass sie vor ihm saß. Er legte seine Handflächen auf beide Seiten ihrer Hüften, ihre Gesichter waren nur wenige Zentimeter voneinander entfernt.

Die Brise kitzelte eine Locke dunklen Haares auf Trystans Stirn. Seine Gesichtszüge boten einen so schönen Kontrast zwischen den harten Flächen seines Gesichts und der wilden Weichheit seines dichten, dunklen Haares.

Sie konnte dem Drang nicht widerstehen, griff nach oben und strich ihm die Haare aus den Augen. Er ergriff ihr Handgelenk und hielt es sanft fest. Sie wünschte sich, dass keiner von ihnen Handschuhe trüge, denn sie wollte seine Haut auf ihrer spüren. Als hätte er ihre Gedanken gehört, zog er langsam seine Handschuhe aus, dann ihre. Dann strich er mit seinem Daumen über die Innenseite ihrer Handfläche. Die einfache Berührung war auf eine höchst hypnotische Weise verführerisch.

»Was wir dir beibringen, all die Manieren und Tanzstunden, das ist nur die Hälfte dessen, was es bedeutet, eine Lady zu sein. Es gibt so viel mehr, was du über Männer und deren Wünsche lernen solltest. Noch wichtiger ist, dass du lernst, was du von Männern *verdient* hättest.«

»Im Bett?«, vermutete sie, und ihr Atem ging schneller.

»Ja, aber auch im Leben.«

»Ich möchte nicht heiraten.«

»Dann bist du in der Tat ein dummes Geschöpf«, seufzte er. »Ich möchte nicht heiraten, aber mein Stand erlaubt mir diesen Luxus. Für dich bedeutet das nur, dass du dir Möglichkeiten nimmst, die du ohne die Ehe nicht haben wirst.«

»Weil es eine Männerwelt ist«, murmelte Bridget.

»Es ist, wie es ist«, sagte Trystan. »Tun wir mal für einen Moment so, als würdest du auf Lady Tremaines Ball in den Armen eines gutaussehenden Mannes tanzen und ein Flattern im Bauch spüren ...«

Sie erkannte, was er meinte, dieses Gefühl, das manchmal so überwältigend war, dass ihr fast schwindlig wurde. Aber in ihrer begrenzten Erfahrung war er der einzige Mann, für den sie das jemals empfunden hatte.

Bei Kent oder Graham hatte sie das nicht gefühlt, und die beiden waren genauso gut aussehend wie Trystan.

»Die Gesellschaft lehrt euch, dass Frauen keine Wünsche und Freuden haben oder *nicht haben sollten*. Aber das ist eine Lüge. Der Körper einer Frau ist wie der einer Göttin gestaltet. Ihr seid Geschöpfe, die geboren wurden, um die exquisitesten Freuden zu empfinden. Dein Körper ist eine Landkarte voller genussvoller Ziele, und wenn ein Mann und eine Frau zusammenkommen, kann das wirklich schön sein. Das kann alles übertreffen, was du dir je erträumt hast. Mit dem falschen Mann könnte es unbequem, unangenehm und vielleicht sogar geschmacklos sein.« Er ließ ihr Handgelenk los, griff nach oben und streichelte die Stelle hinter ihrem Ohr, was ihr einen Schauer über den Rücken jagte. Sie wand sich.

»Du hast immer noch nicht erklärt, warum du mir den Hintern versohlt hast«, erinnerte sie ihn.

Seine Lippen zuckten.

»Es gibt Spiele, die Männer und Frauen spielen, interessante Stellungen, die sie ausprobieren, und Spielzeug, das sie benutzen können ...«

»Spielzeug?« Sie konnte sich nicht vorstellen, was er damit meinen könnte. »Wie Puppen?«

Er glುckste sündhaft und schüttelte den Kopf. »Nein, nicht wie Puppen.« Er nahm ihre Handgelenke in die seinen und umschloss sie mit seinen eigenen starken

Fingern, bis er ihre Hände kontrollierte. »Stell dir vor, ich halte dich so. Du kannst mir nicht entkommen, wenn ich dich an solchen Stellen küsse ...« Er beugte sich vor, um ihre Lippen zu küssen, dann wanderte er zu ihrem Hals, saugte und knabberte dann an ihrem Ohr. Er schnippte mit seiner Zunge an ihrer Ohrmuschel entlang, und sie erschauderte und keuchte, als ein schweres Pochen zwischen ihren Schenkeln sie plötzlich überwältigte.

»Wie fühlst du dich dabei, kleine Katze? Zittern deine Oberschenkel dabei? Sehnt sich deine geheime Stelle zwischen deinen Schenkeln nach etwas, das du noch nicht verstehst?« Die unanständigen Worte, die ihr ins Ohr geflüstert wurden, ließen sie wimmern.

»J-ja!«

Er biss ihr leicht ins Ohrläppchen, aber der kleine Stich war zu viel. »Trystan«, flehte sie, aber sie war sich nicht sicher, was sie eigentlich wollte.

»Weißt du, was du brauchst?«, fragte er, während sich sein Griff um ihre Handgelenke leicht festigte. »Wenn du spürst, dass dein Körper unter meiner Kontrolle steht, dass ich der Herr über dein Vergnügen bin? Das erregt dich, nicht wahr? Ein guter Mann weiß, wie er dir das geben kann, was du brauchst, wie zum Beispiel gelegentlich einen versohlten Hintern. Du brauchst keinen Meister, der dir befiehlt, dein Leben zu leben, aber du brauchst *vielleicht* einen Mann, der beweist, dass er dein Feuer und deine Hingabe wert ist.«

»Meine Hingabe?« Sie war sich nicht sicher, ob sie es verstand, aber es war schwer, über die lebhaften, erotischen Bilder, die seine Worte malten, hinauszudenken.

»Wenn du dich in diesen Momenten der Lust hingibst, wirst du diesen Mann beherrschen. *Du* hättest ihn in der Hand. Ein guter Mann weiß sein eigenes Vergnügen erst dann zu schätzen, wenn er sich sicher ist, dass er für das deine gesorgt hat.« Trystan küsste ihren Hals, und sie warf den Kopf zurück und blickte zu den sich über ihnen auftürmenden Gewitterwolken hinauf. Es war, als hätte ihre Erregung den Sturm aufgebaut, der sich jeden Moment über ihnen entladen würde.

Er hielt in seinen Küssen inne, um ihr wieder ins Ohr zu flüstern. »Aber du musst vorsichtig sein, kleine Katze. Der falsche Mann würde dich brechen, nicht befreien.«

»Trystan ... Ich brauche ... Ich brauche ...« Sie wünschte, sie wüsste, worum sie ihn bitten könnte. »*Bitte* ...«

Er stieß selbst einen zitternden Seufzer aus. »Ich muss dir auch ein Geständnis machen«, sagte er. Sie schaute ihn mit flehenden Augen an, während er darum rang, seine Gefühle zuzugeben. »Du bist die unwiderstehlichste Frau, die ich je getroffen habe. Du hast keine Ahnung, was du mit mir machst.«

In ihrer Verzweiflung rückte sie näher an ihn heran. »Wenn es auch nur *annähernd* so ist, wie das, was du mit mir machst, dann habe ich eine Ahnung.«

Er lächelte, und das brach den letzten Rest ihrer Zurückhaltung. Sie rutschte an den Rand des Mauervorsprungs und spreizte ihre Beine so weit, wie es die Reitkleidung zuließ. Sein Lächeln verschwand, und er wechselte seinen Griff um ihre Handgelenke auf eine Hand, bevor er seine andere Hand unter ihren Rock schob, um sie dort zu berühren, wo der Schmerz am heftigsten war. Sie keuchte, als seine Finger die Falten ihres empfindlichen Fleisches nachzeichneten. Seine Augen verdunkelten sich vor Verlangen, als er einen Finger in sie einführte.

»Oh Gott ...«, stöhnte sie über das fremde Gefühl dieser sanften Penetration. Sie liebte es, nein hasste es, nein ... sie *liebte* es. Er zog seinen Finger zurück und schob ihn dann wieder hinein, diesmal tiefer.

»So eng«, flüsterte er, seine Stimme rau vor Lust. »Du würdest meinen Schwanz wie eine Faust packen, nicht wahr?«

Er senkte seinen Kopf, seine Lippen legten sich hungrig auf die ihren, während er sie weiter mit seinem Finger penetrierte, während er sie küsste, und doch brauchte sie mehr. Ihr leises Keuchen zwischen den Küssen vertiefte sich, als er einen zweiten Finger zum ersten hinzufügte. Er beschleunigte das Tempo und vertiefte den Kuss, seine Zunge stieß im Takt, während er ihr zeigte, was Vergnügen war.

»Genau so, kleine Katze«, knurrte er, »zeige mir deine Leidenschaft, zeige mir, dass du *mir gehörst*, und ich werde dein sein.« Irgendetwas an den Worten, daran, dass sie ihm gehörte, auch wenn er sie gefangen hielt ... das war alles, was sie ertragen konnte, als der aufkommende Hunger seinen Höhepunkt erreichte. Sie zerbrach innerlich, gerade als der Himmel über ihnen seinen Sturm entlud.

Sie ritt auf einer Welle der Lust nach der anderen, während Trystan weiterhin seine Finger in sie schob, aber jetzt viel sanfter. Er verlangsamte seine Küsse und lehnte seine Stirn an ihre. Sie spürte, wie eine starke Verbindung zwischen ihnen entstand, als der Regen auf ihre erhitzte Haut prasselte.

Er zog seine Hand unter ihren Röcken hervor und hob sie dann von der Mauer herunter, aber ihre Beine zitterten so sehr, dass sie sich nicht zu bewegen wagte. Trystan hob sie in seine Arme und trug sie zu einem Teil der Ruinen, der noch ein kleines Dach hatte. Er setzte sie ab, ging dann wieder in den Regen hinaus und kehrte mit ihrem Pferd wieder zurück.

»Wir sollten den Sturm hier abwarten«, sagte er.

Sie rieb ihre Hände aneinander und zitterte vor dem Regen, der ihr rotes Reitkleid durchnässt hatte.

»Kalt?«, fragte er.

Bridget nickte. Trystan kam herüber und ließ sich auf den Boden sinken, dann setzte er sich zu ihr und zog sie auf seinen Schoß. Er schlang seine Arme um sie und wärmte sie mit der Hitze seines Körpers.

»Versprich mir, dass du dir eines Tages einen Mann suchst, der deinen Wert erkennt.« Trystan murmelte die Worte dicht an ihrem Scheitel.

»Jemand wie du?«, wagte sie zu fragen.

Die Stille war einen Takt zu lang. »Nein, kleine Katze. Ich bin nicht der Richtige für dich. Es gibt weitaus bessere Männer da draußen. Männer, die deine Welt mit Abenteuer und Leidenschaft in Brand setzen werden.«

Sie legte ihren Kopf an seine Brust und schloss die Augen. Sie wagte nicht zu sagen, was sie fühlte, aber es war klar, dass sie nicht die Frau war, die er wollte, nicht auf diese Weise. Er war einfach ihr Lehrer, nichts weiter. Diese Erkenntnis kühlte sie mehr, als jeder Frühlingsregen es könnte.

Als der Sturm vorüber war, verließen sie die alten Ruinen. Sie fragte sich, ob diese Ruinen vielleicht einst ein Ort gewesen waren, an dem die alten keltischen Krieger Opfer darbrachten, denn es fühlte sich an, als hätte man ihr Herz auf dem Altar dort geöffnet und zum Ausbluten zurückgelassen.

Trystan war sich nicht sicher, ob das flüchtige Tempo der nächsten drei Wochen eine Erleichterung oder eine Strafe war. Durch schiere Entschlossenheit hatte er es geschafft, sich von Bridget in Situationen fernzuhalten, die damit hätten enden können, dass sie auf dem Rücken lag und er in ihr war. Trystan vermutete eher, dass es Kents verflixte Beschützernatur und seine wachsame Haltung waren, die ihn wirklich in Schach gehalten hatten.

An jenem Tag des Regens, als Trystan und Bridget zerzaust und klatschnass zum Haus zurückgekehrt waren, war er schuldbewusst den fragenden Blicken seines Freundes ausgewichen. Graham hatte ihn geneckt, als ob er in der Zeit, die die beiden allein miteinander verbracht hatten, nichts Beunruhigendes gesehen hätte, aber Kent war nach diesem Tag noch wachsamer geworden.

Nun ging das alles zu Ende. Jetzt war der Moment gekommen, auf den alle gewartet hatten, die Nacht des Balls von Lady Tremaine. Nach dem heutigen Abend würden er und Bridget von der Wette befreit sein ... und voneinander.

Sie waren vor fünf Tagen in seinem Londoner Stadthaus eingetroffen, um Bridget an die Stadt zu gewöhnen. Anfangs war sie überwältigt gewesen, aber wie immer hatte sie Trystan überrascht und sich dem Tempo Londons mit Leichtigkeit angepasst. Sie hatten sie zum Reiten in den Hyde Park mitgenommen und sie bei Gunter's Eis essen lassen. Sie hatten sie zum Einkaufen mitgenommen, um ein passendes Kleid für den Ball von Lady Tremaine zu kaufen, und gegen Trystans Willen hatten sie sie auch als Junge verkleidet ins Tattersall's geschleust.

Er hatte nicht riskieren wollen, dass sie in diesem Auktionshaus, in dem Frauen verboten waren, als Frau entlarvt wurde, aber später war er froh über den Ausflug. Es hatte sich gelohnt, das Gesicht des Mädchens zu sehen, als sie zwischen den Reihen des besten Pferdefleisches in London hindurchging. Sie hatte jede Minute genossen, in der die Reichen und Mächtigen um die schönsten Pferde Englands feilschten.

Doch all diese Abenteuer waren nun zu Ende. Es

blieb nur noch der Ball, der in einer halben Stunde beginnen sollte. All die Übungen, die sie im letzten Monat absolviert hatte, würden heute Abend auf die Probe gestellt werden. Trystan hatte sich auf diesen Moment vorbereitet, indem er seinen feinen schwarzen Mantel, seine goldene Lieblingsweste und seine Reithosen anlegte. Er stand nun am Fuß der Treppe und wartete darauf, dass Bridget zu ihnen herunterkam.

»Weißt du, ich hoffe *fast*, dass sie heute Abend gewinnt«, sagte Graham, während er am Revers seines Mantels zupfte, um ihn zurechtzurücken.

»Sie wird gewinnen, daran habe ich keinen Zweifel«, sagte Trystan voller Zuversicht. Selbst er hätte sie für eine Lady gehalten, wenn er sie vor heute Abend noch nie gesehen hätte. Er hatte es meisterhaft verstanden, sie wie jedes gute Rennpferd in Vorbereitung auf Ascot auf Herz und Nieren zu prüfen. Er war sehr beeindruckt von den Fortschritten, die sie gemacht hatte. Sie hatte jeden Test bestanden, den er sich ausgedacht hatte, und noch mehr.

»Sie wird uns dabei haben, um sie zu beraten«, sagte Kent zu Trystan.

»Weißt du, Kent, es ist ziemlich ungerecht, dass du dich auf die Seite von Trystan geschlagen hast. Wenn ich gewinne, lade ich dich ein ganzes Jahr lang nicht in mein neues Jagdhaus ein«, sagte Graham.

Kent griff sich an die Brust. »Oh, wie du mich

verletzt, alter Freund. Aber in Wahrheit habe ich mich nicht auf die Seite von Trys geschlagen«, sagte er.

»Oh? Auf wessen Seite stehst du dann, alter Junge?«, wollte Graham von ihm wissen.

»Natürlich auf der Seite von Miss Ringgold«, sagte Kent, als ob das alles erklären würde.

Trystan gluckste. Die drei neckten sich noch immer gegenseitig, als Graham plötzlich aufhörte zu reden und mit runden Augen etwas hinter Trystan und Kent betrachtete.

Als er sich umdrehte, vergaß Trystan zum ersten Mal in seinem Leben einfach zu atmen. Die Frau, die so mühelos die Treppe herunterstieg, war ein Bild von göttlicher Schönheit, so sehr, dass es ein Verbrechen schien, sie auch nur anzusehen.

Das silberne Kleid hatte einen glitzernden, hauchdünnen Überrock, der im Licht des Kronleuchters bei jedem Schritt schimmerte, den Bridget machte. Um den Hals trug sie eine einzelne Kette mit einem Stern, der aus einer Ansammlung von Diamanten bestand. Ihr Haar war zu einem weichen Knoten aus zerzausten Locken hochgesteckt, und kleine, zur Kette passende Diamantsterne waren in Teile ihrer Frisur gesteckt. Es sah aus, als wären die Sternbilder vom Nachthimmel gefallen und hätten es auf sich genommen, ihr Haar mit himmlischer Sorgfalt zurückzubinden.

Trystan hatte lange darüber nachgedacht, wie ihr

Ballkleid und ihr Haar für den heutigen Abend aussehen sollten, um den richtigen Effekt für die *beau monde* zu erzielen. Aber die Vorstellung, die er in seinem Kopf getragen hatte, konnte sich nicht mit der Vision aus Fleisch und Blut messen, die vor ihm stand. Sie trug zwei weiße Handschuhe, die bis zu den Ellbogen reichten, und hielt in einer Hand einen schlanken Fächer. Mit der anderen Hand hielt sie die Schleppe ihres Kleides fest, als sie die Treppe herunterstieg. Sie betrachtete schweigend die Gesichter der anderen, wartete auf Kommentare oder Kritik, aber keiner von ihnen hatte etwas zu sagen. Trystan konnte nur blinzeln und sie weiter anstarren. Er hätte sie für den Rest seines Lebens anstarren können.

Ihre lavendelfarbenen Augen richteten sich auf ihn. »Sind wir bereit zu gehen?« Ein Lakai brachte ihr einen blauen Mantel, und sie wickelte ihn um sich, wie es eine Dame tun würde, die jahrelang feine Mäntel getragen hatte. Eine Locke ihres Haares hatte sich befreit und streichelte ihre Wange, und er war eifersüchtig auf diese Locke und wünschte sich, er könnte den Rest des Abends ihre Haut berühren.

»Äh ... ja.« Trystan fand endlich seine Zunge wieder. Er bot ihr seinen Arm an, nachdem sie ihren Mantel um sich gelegt hatte. Sie gingen zur Kutsche, und er half ihr hinein, seine Freunde folgten dicht dahinter.

»Sind Sie bereit für heute Abend?«, fragte Kent

Bridget, als die Kutsche in Richtung des Hauses von Lady Tremaine fuhr.

»Ja, ich glaube, das bin ich«, antwortete sie. Ihr sanfter Ton war süß und zuversichtlich. Zu seiner Überraschung stellte Trystan fest, dass er das freche, unverblümte, wilde Geschöpf vermisste, das sie einst gewesen war, bevor er sie entführt und in diese schöne Frau verwandelt hatte. Sie war ausgeglichen und anmutig, mit bemerkenswert unschuldigen Augen, die ihn an die Zeit erinnerten, als sie zusammen Walzer getanzt hatten, als hätte sie immer nur im Mondlicht und umgeben von Blumen getanzt. Sie war wunderschön, doch gleichzeitig fragte er sich, ob er etwas Schreckliches getan hatte, indem er den Wildfang in ihr zerstörte.

Er hatte geplant, sie zu benutzen, um seinen aristokratischen Mitmenschen eine lange Nase zu zeigen und zu beweisen, dass jeder dazu erzogen werden konnte, sich so zu verhalten, als wäre er in die gehobene Gesellschaft hineingeboren worden. Er hatte der *beau monde* zeigen wollen, dass sie alle nicht besser waren als eine Höllenkatze wie Bridget ... aber die Wahrheit war, dass er zu der Überzeugung gelangt war, dass sie besser war als jede Aristokratin. Sie war ehrlich und furchtlos, und jetzt befürchtete er, dass er ihr diese beiden Eigenschaften genommen hatte.

So ist sie besser. So wird sie eine Zukunft haben, flüsterte eine Stimme in ihm. Doch dieser Gedanke konnte seine

Schuldgefühle und seine Enttäuschung nicht auslöschen. Was ihm an ihr gefiel, war, dass sie nicht aus einer vorgefertigten Backform gekommen zu sein schien, wie es bei so vielen Frauen in London der Fall war. Sie hatte ihn in jeder Hinsicht fasziniert. Bridget war ein endloses Rätsel. Aber jetzt schien sie nicht anders zu sein als jede andere Frau, und das war *seine* Schuld. Sie war natürlich viel schöner, aber das Feuer in ihr war nicht mehr da. Sie hatte dieses Funkeln verloren, nur wegen ihm und seiner dummen Wette mit Graham.

Und als ihm das klar wurde, hatte er einen schrecklichen Gedanken. Wenn Bridget auf diese Weise verändert worden war, was, wenn all die anderen Frauen, die er in seinem Leben kennengelernt hatte, die, die er für langweilig und wenig inspirierend gehalten hatte, ebenfalls ... verändert worden waren. Vielleicht war fast jede Frau in der gehobenen Gesellschaft gezwungen worden, ihre Träume und Wünsche aufzugeben und die Rolle einer gehorsamen, unterwürfigen Tochter, Schwester oder Ehefrau zu spielen. Sie alle wurden ihrer Einzigartigkeit beraubt, durch die Erwartungen der Gesellschaft.

Lieber Gott ...Wenn das der Fall war, war er ein verdammter Schuft, dass er immer so über sie dachte, wie er es getan hatte. Seine eigene verdammte Arroganz machte ihn ebenso schlimm wie jeden anderen Mann, wo er doch seine weiblichen Bekannten hätte ermutigen können, aus der Schale herauszukommen, in die die Gesellschaft sie hineinzwang.

Trystan warf einen Blick auf Bridget, die still in der Kutsche saß, mit einem Blick, der tausend Meilen weit weg war, und er schwor sich in diesem Moment, nie wieder eine Frau so zu beurteilen, wie er es früher getan hatte.

Als sie bei Lady Tremaine ankamen, legten sie ihre Mäntel ab, und Trystan führte sie voller Stolz in den Ballsaal. Der Zeremonienmeister erwartete sie bereits. Als sie in der Schlange standen, um vorgestellt zu werden, ging ein großer, blonder Mann an ihnen vorbei. Bridget holte tief Luft und erstarrte, ihr Gesicht verlor an Farbe.

»Was ist?«, fragte er sie.

»Dieser Mann. Der gut aussehende Mann mit dem hellblonden Haar. Er hat mehrmals in der Taverne meines Vaters Halt gemacht. Ich habe mit ihm gesprochen, als ich ihn bedient habe, und er war immer sehr aufmerksam, nicht wie die anderen Männer, die in die Taverne kamen, um sich zu betrinken. Er könnte mich erkennen.« Sie versuchte, ihren Arm zu befreien, aber Trystan legte eine Hand auf ihre und drückte ihre Finger leicht und unterstützend.

»Einen Moment nur, meine Liebe«, sagte Trystan. »Er wird dich nicht erkennen. Nicht einmal ich hätte dich erkannt. Deine Verwandlung hat in den Köpfen derer, die dich kennen, keinen Zweifel daran gelassen, dass du eine Lady bist, wie alle anderen in diesem Raum. Das ist jetzt einfach eine Tatsache. Das Wesen, das du einst in Penzance gewesen bist, gibt es nicht mehr. Er kann unmöglich etwas über deine Vergangenheit erraten.«

Trystan betrachtete diesen Mann, der eine Bedrohung für seine Wette war, und fluchte leise. Er kannte den Mann. Sie verkehrten in ähnlichen Kreisen und waren als Jungen Schulkameraden gewesen.

Und dann, als ob der charmante Teufel seinen Namen gehört hätte, drehte sich der Mann um und entdeckte Trystan. Er warf Trystan einen sardonischen Blick zu, bevor sein Blick auf Bridget fiel. Auf dem Gesicht des Mannes blühte die Neugierde auf.

Der Zeremonienmeister winkte Trystan und Bridget nach vorne, und sie nahmen ihren Platz ein, als ihre Namen bekannt gegeben wurden.

»Lord Zennor und Miss Bridget Ringgold.«

»Kopf hoch, kleine Katze. Heute Abend gehört dir die Welt«, flüsterte er, und sie hob ihr Kinn höher, so gelassen wie eine Herzogin.

Trystan geleitete Bridget zu Lady Tremaine, wo Bridget von der Gastgeberin begrüßt wurde. Lady Tremaine war eine schöne Frau Anfang vierzig, eine kluge und doch mitfühlende Witwe.

Er und Bridget unterhielten sich mit Lady Tremaine über Nichtigkeiten, bevor sie anfing, Männer aufzufordern, auf Bridgets Tanzkarte zu unterschreiben. Sie teilte den Versammelten mit, dass Bridget das Mündel von Trystans Cousin aus Yorkshire sei.

Und natürlich war der letzte Mann in der Reihe der Mann, den er und Bridget am liebsten vermieden hätten. Der Mann blitzte Bridget mit seinem Lächeln an. Es war ein Lächeln, das Herzen in ganz London brach.

»Trystan, ich muss dich bitten, mich dem charmanten Mündel deines Cousins vorzustellen.«

»Bridget, das ist Mr. Rafe Lennox.«

»Es ist schön, Sie kennenzulernen, Mr. Lennox«, sagte Bridget.

Rafe verbeugte sich und küsste Bridgets behandschuhte Hand.

»Das Vergnügen ist ganz meinerseits, das versichere ich Ihnen«, sagte er. »Darf ich um einen Tanz bitten?«

Bridget sagte nicht nein, weil sie es nicht durfte. Eine *Lady* verweigerte nie einen Tanz, es sei denn, sie war mit den Schritten nicht vertraut und könnte daher ihren Partner in Verlegenheit bringen. Das war eine der Lektionen, die ihr immer wieder eingebläut worden waren.

»Natürlich. Es scheint, dass ich noch ein paar Plätze frei habe.« Sie hob ihre Karte hoch, und Rafe holte einen kleinen Stift hervor und schrieb seinen Namen für einen der Tänze auf.

»Bis dahin, Miss Ringgold«, versprach Rafe Lennox.

Bridget nickte. Als er weg war, stieß sie einen kleinen, hörbaren Seufzer der Erleichterung aus.

»Wie ich schon sagte, er hat Sie nicht erkannt.«

»Vielleicht, wenn wir mehr Zeit miteinander verbringen. Mr. Lennox hatte keine Scheu, sich mit mir zu unterhalten, und stellte oft Fragen über das Geschehen in Penzance.«

»Alles, was du tun musst, ist, einen Tanz mit ihm zu überleben.« Trystan trug seinen Namen auf ihrer Karte für den letzten Tanz des Abends ein. »Da kommt Kent. Bleib einen Moment bei ihm, während ich dir etwas zu trinken hole.«

Trystan ging zum Erfrischungstisch, um Gläser mit Arrak-Punsch zu holen. Als er sich seinen Weg durch die Menge bahnte, hörte er, wie Dutzende von Menschen flüsternd fragten, wer die geheimnisvolle Schönheit sei, die zum Ball gebracht worden war.

Trystan konnte nicht anders, als zufrieden in sich hineinzulächeln.

Bridget umklammerte ihren geschlossenen Fächer mit zitternder Hand, während sie auf Rafe Lennox' Rücken starrte. Er war auf der anderen Seite des Raumes in ein Gespräch vertieft und schenkte ihr keine Aufmerksamkeit. Aber sie hatte immer noch

Angst, dass er sie erkennen könnte. In den letzten zwei Jahren hatte er die Taverne häufig besucht, und sie hatte ihn immer bedient. Die meisten Männer seines Ranges sahen die Jungen, die ihnen ihr Bier servierten, nie an, aber er schon. Seine blauen Augen konnten alles sehen und taten das wahrscheinlich auch. Wie um alles in der Welt könnte sie ihn täuschen? Er würde erkennen, woher er sie kannte, und es bestand die Möglichkeit, dass er Lady Tremaine sagen würde, wer sie wirklich war. Sie war sich nicht ganz sicher, ob er es Lady Tremaine erzählen würde, aber die Möglichkeit machte ihr genug Angst, um sich darüber Gedanken zu machen.

Der Skandal würde das Ende aller ihrer Hoffnungen auf eine bessere Zukunft bedeuten, und Trystan würde in einen Skandal hineingezogen werden, wenn er sie verteidigte. Und er würde sie in Schutz nehmen, das wusste sie. Irgendwie hatte sich der arrogante Adlige im letzten Monat für sie zu interessieren begonnen, wenn auch nicht annähernd so sehr, wie sie sich für ihn interessierte. Aber er mochte sie genug, um nicht zu wollen, dass sie in Verlegenheit geriet oder öffentlich gedemütigt wurde.

Kent blieb an ihrer Seite, während Trystan ihr ein Glas Punsch holte, aber das Tanzen begann erst, als er auf dem Rückweg war. Sie musste sich nun dem ersten Herrn auf ihrer Karte stellen, der zu ihr kam und sie zum Tanz aufforderte. Er war ein hübscher Mann mit freundlichen Augen und erzählte von seiner Heimat, einem Ort namens Falconridge. Es machte ihr Spaß, etwas über seine Heimat zu erfahren, und er fragte sie im Gegenzug nach ihrem Zuhause. Sie musste ihre Antworten vage halten. Glücklicherweise wusste sie dank Trystans Unterricht ein wenig über Yorkshire.

Es gelang ihr, sich ein wenig zu entspannen, während sie mit Lord Falconridge tanzte und sich gut mit dem Mann unterhielt. Und dann wurde sie zu Trystan und Kent zurückgebracht, wo sie dankbar ihr Glas mit Punsch entgegennahm.

So ging es mit den anderen weiter, und mit jedem Tanz wurde die Fassade, die sie aufrecht erhielt, weniger anstrengend und wirkte natürlicher. Als der siebte Tanz zu Ende war, kam Graham, um sie für seinen Tanz zu holen, und hatte unerwartete Neuigkeiten im Gepäck.

»Versuchen Sie, nicht in Panik zu geraten«, sagte Graham leise, als sie einen sicheren Abstand zu den anderen Paaren hatten. »Aber jeder hier ist heute Abend sehr neugierig auf Sie.«

»Warum?« Bridget kämpfte darum, keine Panik auf ihrem Gesicht oder in ihrer Stimme zu zeigen. »Haben sie einen Verdacht?«

»Nein, überhaupt nicht. Sie glauben, dass Sie aus dem Norden kommen, einem Teil des Landes, den die meisten Londoner für kalt, trist und, offen gesagt, ein bisschen barbarisch halten. Aber wenn dann Sie hier reinkommen und absolut umwerfend aussehen, dann stellen sie Fragen. Sie wissen schon, dass Sie heute Abend einmalig schön aussehen, oder? Jeder Mann in diesem Raum möchte wissen, wer Sie sind. Und jede Frau schaut neidisch auf Sie. Sie möchten Ihre gesamte Lebensgeschichte kennen. Sie sehen das Potenzial für eine Katastrophe, nicht wahr?«

Sie blickte in den Raum um sie herum und bemerkte, wie viele Leute sie tatsächlich ansahen.

»Oh je, was soll ich tun?«

»Vor drei Wochen hätte ich Ihnen dazu keinen Rat gegeben, denn ich würde Trystans Hütte in Schottland sehr gerne besitzen, aber Sie sind mir ans Herz gewachsen, und ich möchte nicht, dass Sie gedemütigt werden. Erstaunlich, nicht wahr?« Er gluckste. »Und wegen dieser fürchterlichen Schwäche gebe ich Ihnen meinen Rat.«

Er hielt inne, bevor er fortfuhr. Der Tanz ging zu Ende, aber sie wagte nicht, ihn zu drängen.

»Mein Rat ... ist, dass Sie es gut machen. Nicht einmal Rafe Lennox wird Verdacht schöpfen, denn Sie *sind* eine Lady, Bridget. Niemand könnte etwas anderes glauben.«

Er zwinkerte ihr zu, und als der Tanz endete, drehte sie sich zu dem Mann um, der ihr heute Abend so viele Sorgen bereitet hatte.

Rafe schenkte ihr ein löwenhaftes Lächeln, als er ihr seine Hand reichte.

»Ich glaube, ich bin der Nächste?« Er schloss seine Finger um ihre, und sie wurde für den nächsten Tanz wieder aufs Parkett geführt. Die beiden standen sich in der Reihe der Tänzer gegenüber, und er verbeugte sich vor ihr, als die Musik begann. Bei diesem Tanz waren sie die Hälfte der Zeit getrennt und lagen sich die andere Hälfte wieder in den Armen.

»Miss Ringgold, ich muss gestehen, ich habe das seltsame Gefühl, dass wir uns schon einmal begegnet sind. Das haben wir, nicht wahr?«

Bridgets Herz klopfte heftig, aber sie blieb ruhig. Sie war eine Dame. Nichts konnte sie aus der Ruhe bringen, wenn sie es nicht zuließ. Sie wurden kurz von zwei Tänzern getrennt und kamen dann wieder zusammen.

»Nein, tut mir leid, aber wir haben uns erst heute Abend kennengelernt.«

»Wirklich? Vielleicht erinnern Sie mich dann an jemanden. Aber an wen?« Sein amüsiertes Lächeln konnte ihre Befürchtungen nicht zerstreuen. »Alle sind genauso neugierig wie ich. Sie haben heute Abend für viel Aufsehen gesorgt.«

Sie trennten sich wieder, als sie eine andere Gruppe von Tänzern umkreisten, bevor sie wieder zusammenkamen.

»Ich könnte trotzdem schwören, dass wir uns schon einmal begegnet sind«, beharrte er. Sie beantwortete seinen suchenden Blick mit einem höflichen Lächeln.

»Daran hätte ich mich erinnert, Mr. Lennox. Sie haben eine ganz besondere Ausstrahlung.« Sie schenkte ihm ein kokettes Lächeln.

Er grinste sie an, als er merkte, dass sie etwas vorhatte. »Ich mag Sie sehr, Miss Ringgold. Ich bin sicher, dass ich nicht der einzige Mann hier bin, der sich für Sie interessiert.«

Als der Tanz schließlich endete, beugte er sich über ihre Hand und lächelte plötzlich. »Jetzt erinnere ich mich ...«

Es kostete sie all ihre Willenskraft, nicht zusammenzuzucken und sich zurückzuziehen.

»An was erinnern Sie sich, Mr. Lennox?«, fragte sie.

»Sie erinnern mich an eine Freundin meines Bruders. Anna Maria Zelensky. Die Prinzessin von Ruritanien. Kennen Sie sie?«

»Nein, ich fürchte, ich hatte noch nicht das Vergnügen.«

»Schade. Ich glaube, Sie und Anna würden einander mögen. Letzten Herbst war sie in London, und jetzt ist sie mit ihrem Mann in Schottland. Er ist ein Freund von mir, Aiden Kincade.«

Keiner dieser Namen sagte ihr etwas, und sie machte sich Sorgen, dass er ihre ausbleibende Reaktion bemerkte.

»Sie ist eine stille Schönheit, aber sie hat ein Feuer in sich, eine Wildheit des Geistes, die ich auch bei Ihnen spüre. Sie mögen aus Yorkshire kommen, aber Sie könnten als Prinzessin durchgehen. Es war mir ein Vergnügen, mit Ihnen zu tanzen, Miss Ringgold.«

»Danke, gleichfalls, Mr. Lennox.« Sie strahlte ihn an, als ihr klar wurde, dass sie die ultimative Prüfung bestanden hatte, auf die sie sich niemals hätte vorbereiten können.

Nachdem Rafe gegangen war, hatte sie die Gelegenheit, noch ein Glas Punsch zu trinken, bevor Trystan sie zum letzten Walzer aufforderte.

»Der Raum ist voller Gerede«, sagte er, während er sie in seinen Armen hielt.

»Oh? Worüber?« Sie täuschte Unwissenheit vor, obwohl sie wusste, worauf er anspielte.

»Rafe erzählt allen, dass du ihn an Prinzessin Anna von Ruritanien erinnerst. Und da Klatsch und Tratsch nun einmal dazugehören, vermuten jetzt mehr als eine Person, dass du eine verkleidete Prinzessin bist. Das heißt, du hast es geschafft. Nun sei ganz gelassen, kleine Katze, und tanze mit mir. Ich bin es leid, andere Männer zu sehen, die dich in den Armen halten, während ich fast drei Stunden auf dieses Vergnügen gewartet habe.«

Trystan lächelte sie an, und sie fühlte sich ziemlich schwindlig. Auch sie hatte die ganze Nacht auf diesen Walzer gewartet. Als sie zu tanzen begannen, durchströmte sie eine unerwartete Erleichterung wie eine Welle, die über die Ufer von Zennor schwappte.

»Wir haben die Wette gewonnen«, flüsterte sie aufgeregt.

»Das haben wir.« Er grinste sie an. »Und jetzt wirst du heute Nacht schlafen und von einem Neuanfang träumen«, fuhr er fort.

Ja, sie würde davon träumen, aber dieser Traum hatte einen bitteren Beigeschmack, weil *er* in dieser Zukunft nicht vorkommen würde. Heute Abend war es vielleicht das letzte Mal, dass sie mit ihm tanzen würde. Bridget war entschlossen, sich so gut wie möglich zu amüsieren, und sie versuchte, ihren Sieg zu genießen. Doch dieser perfekte Tanz mit ihrem perfekten Partner ging viel zu schnell zu Ende.

»Bist du bereit, nach Hause zu gehen?«, fragte er.

Sie war müde, da ihre letzte Prüfung nun endlich vorbei war. Sie könnte eine Woche lang schlafen. »Ja, bring mich nach Hause, Trystan.«

Sie fanden Kent und Graham in der Nähe der Türen, die aus dem Ballsaal führten. Die Gruppe verabschiedete sich von Lady Tremaine, die darauf bestand, dass sie dieses bezaubernde Mädchen bald wieder einmal mitbringen mussten. Mit dem erröteten Gemurmel, dass auch sie sich freuen würde, machten sich Bridget und ihre drei Begleiter auf den Heimweg.

Als sie im Stadthaus von Trystan ankamen, wurden sie von seinem Londoner Butler, Mr. Fydell, begrüßt. Kent überbrachte dem Butler die gute Nachricht.

»Trys hat es geschafft. Er hat die Wette gewonnen!«

»Ja, ja, alles Lob für Trystan«, brummte Graham. Aber er lächelte, während er so tat, als sei er verärgert.

»Gut gemacht, Mylord«, sagte Mr. Fydell zu seinem Herrn.

Bridget konnte es nicht fassen. Es war wieder geschehen. Sie schlüpfte aus ihrem Mantel und wurde von den Herren völlig ignoriert, als sie die Treppe zu ihrem Schlafgemach hinaufging. Als sie die Tür erreichte, stellte sie fest, dass die Männer unten feierten und niemand sie gebeten hatte, mitzumachen. Es war genau wie an jenem Abend, an dem sie bei Lady Helenas Dinnerparty zu Abend gegessen hatten.

Sie betrat ihr Zimmer und fand Marvella vor, die auf sie wartete. Marvella half ihr, sich für die Nacht zu entkleiden, und Bridget nahm ihren Schmuck ab und legte die Diamanten in ein kleines Samtetui. Irgendetwas an dem Akt, so viel glänzende Schönheit wegzulegen, um sie für den nächsten Bedarf aufzubewahren, brachte sie schließlich auf die Palme.

Sie packte das Etui und stürmte, nur mit ihrem Hemd, ihrem Hausmantel und ihren Pantoffeln bekleidet, ins Billardzimmer, wo die drei Männer Brandy tranken und darüber lachten, dass es ihnen gelungen war, einen der cleversten Wüstlinge Londons zu täuschen.

»Kleine Katze, was zum Teufel machst du noch hier? Geh ins Bett, du dummes Mädchen.« Trystan winkte sie weg, bevor er einen großen Schluck seines Brandys nahm.

Sie unterdrückte die in ihr aufsteigende Wut. »Die hier gehören dir. Ich nehme an, dass sie zurückgegeben werden sollten, wenn ich morgen früh abreise.« Sie ließ das Etui mit den Diamanten auf der grünen Oberfläche des Billardtisches liegen und verließ den Raum, wobei sie eine donnernde Stille hinter sich ließ.

Sie war auf halbem Weg die Treppe hinauf, als sie Trystan ihren Namen rufen hörte, aber sie blieb nicht stehen, bis er sie oben auf der Treppe eingeholt hatte.

»Oh, du undankbare Kreatur«, sagte er, während er versuchte, ihr die Diamanten zurückzugeben.

»Ich bin nicht undankbar. Ich bin *müde*.« Sie ließ die Schachtel zwischen ihnen auf den Boden fallen und machte sich auf den Weg in ihr Schlafzimmer.

»Bridget, komm sofort zurück. Wir sind noch nicht fertig mit diesem Gespräch.«

Sie beschleunigte und hatte gerade ihr Zimmer erreicht, als er zu ihr an die offene Tür trat. Das Dienstmädchen blinzelte die beiden überrascht an, als sie die Bettdecke zurückzog.

»Lass uns bitte allein, Marvella«, befahl Trystan, sein Tonfall war so hart wie die Diamanten, die er in seiner Hand hielt.

»Miss?«, fragte Marvella Bridget besorgt.

»Geh zu Bett. Ich komme schon klar«, beruhigte sie Marvella.

Marvella schluckte schwer und nickte dann, bevor sie ging. Als die Tür hinter ihnen zufiel, spürte Bridget, wie ihre Wut mit der von Trystan in einem blendenden Sturm zusammenprallte, aber keiner von beiden bewegte sich.

»Diese Diamanten waren ein Geschenk«, sagte er in einem gefährlich weichen Ton. »Du warst heute Abend die strahlendste und schönste Frau auf dem Ball, und wir haben eine, wie ich finde, sehr angenehme Zeit miteinander verbracht. Du hast dir die Diamanten verdient. Du solltest sie behalten.«

»Verdient?« Das Wort ließ sie an eine Zukunft denken, die sie auf dem Rücken liegend verbringen würde. »Wie *kannst du es wagen* ...?« Sie hob ihre Hand, um ihn zu schlagen. Er hielt ihr Handgelenk fest und verhinderte es.

»So habe ich das nicht gemeint, und das weißt du verdammt gut.« Er hielt ihren Arm weiterhin fest und trat näher heran. »Behalte die Diamanten. Ich habe keine Verwendung für sie.«

»Ich möchte nichts von dem behalten, wofür du bezahlt hast, nicht mehr. Ich werde nur das mitnehmen, was ich selbst mitgebracht habe ...«

»Jetzt bist du albern.«

»Albern?«

»Ja, albern. Wenn du nur mit dem gehst, was du mitgebracht hast, hast du nur diese Jungenklamotten zum Anziehen«, knurrte er. »Wir hatten eine Vereinbarung, eine Übereinkunft. Alles, was du von mir bekommen hast, hast du verdient, und es ist kein Akt der Nächstenliebe, über den man die Nase rümpft. Nur ein Narr würde all das wegwerfen, weil er sich über mich ärgert. Ganz abgesehen davon, dass ich nicht einmal weiß, *warum* du dich aufregst. Geh jetzt ins Bett. Morgen wirst du dich besser fühlen. Morgen können wir die Rechnungen begleichen, und du kannst in ein hübsches kleines Häuschen ziehen, das ich für dich bereithalte. Es wird ...«

»Ich will nicht in irgendein *verdammtes* Häuschen gehen. Lass mich in Ruhe!«, fauchte sie. Sein ruhiges, gefühlloses Gerede über ihre Trennung trieb ihren Schmerz in die Höhe, und sie begann zu weinen, obwohl sie es nicht tun wollte. »*Bitte* ... lass mich einfach in Ruhe.«

Aber er tat es nicht. Er zog sie in seine Arme, hielt sie fest und presste seine Lippen an ihr Ohr.

»Na, na, kleine Katze.« Er tröstete sie. »Ich wollte dich nicht verärgern. *Ich* bin der Narr. Du hast das heute Abend wunderbar gemacht und verdienst einen Nachthimmel voller Diamanten«, sagte er, und seine Zärtlichkeit verschlimmerte irgendwie ihre Gefühle und ließ sie noch lauter weinen. »Sei jetzt still, sonst muss ich dich küssen, damit du dich besser fühlst.«

Als sie nicht mehr aufhören konnte zu weinen, hob er ihr Gesicht an, und seine Lippen fanden die ihren. Die einfache Verbindung gab ihr das Gefühl, geerdet zu sein, wie ein Baum, der seine Wurzeln so tief im Boden verankert hat, dass kein Sturm ihn jemals von dem Stück Land, auf dem er steht, wegreißen kann. Dieser Mann war ihr Boden geworden, die Erde, in der sie sich sicher eingraben konnte, um zu wachsen und die mächtigsten Stürme zu überstehen.

Sein Mund bewegte sich zärtlich über ihren, und sie schob ihre Arme über seine Schultern, um sich an ihm festzuhalten. Ein leiser Aufprall zu ihren Füßen ließ sie nur schemenhaft an die Diamanten denken, die er fallen gelassen haben musste, aber sie interessierte sich nur für Trystans Kuss.

Er ging mit ihr rückwärts, bis sie an einem der Bettpfosten stand. Dann streifte er ihr den Hausmantel von den Schultern, und sie befreite sich von ihren Pantoffeln.

»Bleib«, sagte er zu ihr, bevor er sie kurz verließ, um eines ihrer zusätzlichen Haarbänder vom Frisiertisch zu holen. Als er zurückkam, stand er vor ihr und hielt mit fragender Miene das Band hoch, und sie antwortete mit einem verzweifelten Laut, der ihn dazu brachte, sie erneut zu küssen. Sie wusste nicht, was er vorhatte, aber sie vertraute ihm. Er drückte sie wieder mit dem Rücken gegen den Bettpfosten, fesselte dann ihre Handgelenke mit dem Band und hob sie über ihren Kopf, bevor er den Rest des Bandes um dem Pfosten verknotete. Sie war hilflos, und ihr Körper pochte fast schmerzhaft vor Verlangen.

»Du bist so schön«, murmelte Trystan, während er mit seinen Handflächen über ihre Arme strich, von den Handgelenken bis zu den Schultern. Sie zitterte und fühlte sich verletzlich, als er sie mit einem wölfischen Schimmer in den Augen ansah.

»Ich hatte schon befürchtet, ich hätte den dreisten Teil von dir verloren, der wie ein Feuer brennt, aber jetzt ist er da. Ich habe es gefunden und ich werde es nicht wagen, dich wieder zu verlieren.«

Er liebte diesen Teil von ihr? Der Teil, der ihn so oft frustriert hatte? Irgendetwas daran ließ ihr Herz vor Wärme erblühen und machte sie schwindelig vor Freude.

Er löste die Bänder ihres Unterhemdes oberhalb der Brüste, nahm den Stoff in die Hand und zerriss ihn bis zum Oberbauch. Sie hatte ihre körperlichen Rundungen immer als störend empfunden, aber als er sie ansah, konnte sie endlich die Fülle ihrer Brüste genießen.

Er nahm eine in seine Hand und strich mit dem Daumen über ihre Brustwarze, dann kniff er leicht hinein. Sie stöhnte auf, als eine sengende Hitze direkt in ihren Bauch schoss. Er beugte seinen Kopf zu ihrer anderen Brust und nahm ihren Nippel zwischen seine Lippen. Das Ziehen an ihrer empfindlichen Spitze ließ eine Flut feuchter Hitze zwischen ihren Schenkeln aufsteigen. Sie presste sie zusammen und versuchte, das Pochen zu unterdrücken, das sich nur noch verstärkte. Er wanderte mit seinem Mund zu ihrer anderen Brust und saugte daran, bis sie unglaublich feucht war. Er stand immer noch vollständig bekleidet vor ihr, während sie fast nackt an das Bett gefesselt war. Warum fühlte sie sich dabei so wild und aufgeregt?

Trystan zog seinen Mantel aus, löste sein Halstuch und warf beides über den nächsten Stuhl. Dann strich er die Ärmel seines Hemdes über die Ellbogen hoch und entblößte seine Arme, ehe er zu ihr zurückkehrte. Er beugte sich vor und küsste ihre Lippen, während er ihre Brustwarzen mit seinen Fingern neckte. Dann griff er mit der Hand in ihr Haar und hielt ihren Kopf fest, während er mit der Zunge ganz tief in ihren Mund eindrang und seine andere Hand ihren Oberschenkel hinaufglitt, bis sie die Falten ihres Geschlechts erreichte. Diesmal neckte er sie nicht. Er stieß seine Finger einfach hinein und drang rücksichtslos in sie ein, wo sie es am meisten verlangte.

»Sag mir jetzt, wenn du willst, dass ich aufhöre ...«, warnte er, als er seinen Kopf hob. Seine Finger steckten noch immer tief in ihr, und ihr Kanal pochte. Bridget hob ihre Hüften und versuchte, die Finger tiefer in sich zu ziehen.

»Sag mir ja oder nein, Bridget. Ja, und ich werde deinen Körper genau hier und jetzt einfordern. Nein, und ich werde dich freilassen, dich ins Bett stecken und dich schlafen lassen.«

Sie wusste, wie ihre Antwort lautete, sie wusste es und zögerte nicht. Egal, was danach passierte, sie würde diesen Moment in Erinnerung behalten.

»Ja ... Trystan ... ja«, flehte sie. »Lehr mich das ...« Sie wollte, dass er sie lehrte, wie man Liebe machte ... mehr als alles andere in ihrem Leben.

Seine whiskeybraunen Augen verdunkelten sich, und er krümmte zwei Finger in ihr, wobei er einen geheimen Punkt in ihr traf, der ihre Augen in ihrem Kopf zurückrollen ließ. Er streichelte diese Stelle, bis sie vor Lust bebte. Dann zog er seine Hand zurück, kniete sich zu ihren Füßen nieder, riss den Rest ihres Unterhemdes auf und entblößte ihren Körper vollständig vor seinen Blicken. Er küsste ihren Bauch, dann ihren Unterleib, dann hob er eines ihrer Beine an und stützte es auf seine Schulter, womit er sie für sich öffnete.

»Trystan, was machst du ...« Sie beendete ihre Frage mit einem Schrei, als sich sein Mund auf ihrem Schamhügel niederließ und er zu saugen begann.

»Oh nein ...« stöhnte sie, als er begann, ihre Falten zu lecken. Sie hätte sich nie vorstellen können, dass ein

Mann das da unten tun könnte, und es fühlte sich *unglaublich seltsam und wunderbar* an.

Seine Hände umfassten ihren Hintern von hinten, und zweimal gab er ihr einen Klaps, wobei die kleinen Schläge sie nur noch feuchter machten. Seine Zunge glitt in sie hinein, und sie flehte ihn an, sie zu nehmen, ihr zu geben, was sie brauchte, was auch immer es war. Er gluckste nur gegen ihr brennendes Fleisch, bevor er sie weiter leckte.

Dann brach sie in einer Explosion auseinander, wie sie es bei den alten sächsischen Ruinen getan hatte, platzte auf und wurde dann Stück für Stück wieder zusammengestrickt. Sie ließ sich schlaff gegen den Bettpfosten sinken, aber er stand auf, streifte seine Weste ab, zog seine Stiefel aus und öffnete seine Hose. Sein dicker Schwanz sprang heraus, ragte ihr entgegen, massiv und beängstigend, aber sie hatte keine Kraft zu sprechen, zu fragen, ob er überhaupt in sie hineinpassen würde.

Trystan hob Bridget gegen den Bettpfosten, ihre Beine spreizten sich um ihn, als er sie gegen das Holz drückte. Dann führte er sich in sie ein und stieß tief und hart zu, der Schmerz seines Eindringens war intensiv, aber nur kurz, bevor er so tief war, dass sie gar nicht mehr spüren konnte, wie der Rest von ihm sie ausfüllte und dehnte. Seine Stirn berührte die ihre, während er sich ganz still in ihr hielt und ihr Atem sich mit seinem vermischte.

»Tut es noch weh?«, fragte er, als ob er darum kämpfte, still zu halten.

»N-nein, nicht sehr«, antwortete sie flüsternd.

»Gut, denn jetzt werde ich Liebe mit dir machen, kleine Katze. Verstanden? Du wirst ein Spielzeug für mein Vergnügen sein. Ich werde dich für meine Wünsche benutzen und dich vor lauter Vergnügen fast zu Grunde gehen lassen.«

Der Gedanke, dass Trystan sie so benutzen würde ... wie ein Spielzeug, während er doch für ihr eigenes Vergnügen sorgte ... verzweifelt sehnte sie sich danach, wieder zum Höhepunkt zu kommen. Sie wand sich zwischen ihn und den Bettpfosten und versuchte, ihm näher zu kommen.

Er gluckste, der Klang war dunkel und köstlich, als er sich zurückzog und wieder in sie eindrang. Seine Augen musterten ihr Gesicht, suchten etwas, aber sie war sich nicht sicher, was das sein könnte. Aber er schien zufrieden, bevor er seinen nächsten Stoß vertiefte und sein Tempo beschleunigte. Seine Hüften stießen immer wieder gegen sie, sein Schwanz drang tief in sie ein, während ihr Körper unter seiner Kraft bebte. Es fühlte sich *glorreich* an.

Die Kraft ihrer Vereinigung ließ sie sich trotz ihrer gefesselten Handgelenke wild und unbändig vor Leidenschaft fühlen. Es war das Exquisiteste, was sie je erlebt hatte. Sie konnte stöhnen und kratzen wie die Höllenkatze, die sie war. Sie konnte den Kampf ihrer Vereinigung und seine Eroberung ihres Körpers genießen, weil es ihre Entscheidung war, sich diesem wilden Teil von sich selbst hinzugeben. Es gab keine Scham, nur gegenseitigen Respekt für ihr Vergnügen.

Er stieß tiefer in sie hinein, seine Küsse schmeckten nach Hunger, und es schien ewig zu dauern, dieses intensive Duell der Küsse und der wilden Paarung. Als sich sein Mund endlich von ihrem löste, wandte er sein Gesicht ihrem Hals zu und biss in ihre Schulter, während seine Hände ihre Pobacken packten und fest zudrückten. Er hämmerte immer und immer wieder auf sie ein, und als der Damm schließlich brach, konnte sie nicht einmal mehr schreien. Sie war überwältigt von dem Orgasmus, der sie durchströmte. Flecken tanzten vor ihren Augen, und sie wurde wieder schlaff. Trystan stieß noch ein paar Mal in sie, bevor er ihren Namen rief. Etwas Heißes erfüllte sie, und sie presste ihre Schenkel fest gegen seine Hüften, hielt ihn an sich und spürte mehr denn je das Bedürfnis, mit diesem Mann verbunden zu bleiben.

Trystan keuchte gegen ihr Ohr und küsste sie dann leicht auf die Wange. Einen langen Moment lang sagte keiner von ihnen ein Wort, während er sie mit unerwarteter Zärtlichkeit umarmte. Dann ließ er vorsichtig ihre Beine von seinen Hüften herabsinken, löste das Band vom Bettpfosten und befreite ihre Arme. Sie rieb sich die Handgelenke, ohne sich um die schwachen roten Spuren auf ihrer Haut zu kümmern. Als er sich aus ihrem Körper zurückzog, befürchtete sie, dass er gehen würde, um sie schlafen zu lassen, aber stattdessen ging er zum Waschbecken, um einen Lappen zu befeuchten, und kam zu ihr zurück. Er reinigte zwischen ihren Schenkeln. Sie war zu müde, um sich für das bisschen Blut zu schämen, das sie ihn wegwischen sah. Sie zupfte den Rest ihres zerrissenen Hemdes ab, presste die Faust auf den Mund und unterdrückte ein Gähnen. Trystan zog sie in seine Arme und küsste sie zärtlich. Wenn sie nicht so müde gewesen wäre, hätte sie vielleicht wieder geweint.

»Ins Bett, wenn ich bitten darf.« Er versetzte ihr noch einen leichten Klaps auf den Po und schob sie dann zum Bett. Sie ließ sich völlig nackt darauf fallen und legte sich auf den Bauch. Sie sah zu, wie er sich mit dem Tuch reinigte und seine Hose und Strümpfe auszog. Als er zum Bett zurückkam, war er völlig nackt.

»Rutsch rüber, Wildfang. Ich möchte schlafen und dich dabei in den Armen halten.«

Mit einem zufriedenen Seufzer machte sie ihm Platz und ließ ihn unter die Decke schlüpfen, bevor sie sich in seine Umarmung kuschelte.

»Morgen müssen wir reden. Aber heute Abend ... heute Abend ...« Er sprach nicht zu Ende.

Bridget war froh. Sie wollte nicht wissen, was er gesagt hätte.

Der morgige Tag würde früh genug kommen, und dann würde sie sich ihren Entscheidungen stellen. Für den Moment würde sie so tun, als gäbe es kein Morgen und als würde sie für immer hier mit Trystan im Bett bleiben ... glücklich und frei.

‖ 9 ‖

Trystan hatte am vergangenen Abend einen schrecklichen Fehler gemacht. Er spürte das Gewicht dieses Fehlers, als er seinen Brief an Bridget zu Ende schrieb. Darin erinnerte er sie unmissverständlich daran, dass sie mit ihm keine Zukunft hatte. In der vergangenen Woche hatte er sein altes Haus am Meer für sie herrichten lassen. Er hatte beschlossen, es ihr kostenlos zu überlassen, damit sie sich nicht selbst um eine Wohnung kümmern musste.

In dem Brief hatte er ihr von der Hütte erzählt und davon, dass sie bald dorthin aufbrechen sollte. Wenn sie dann irgendwo eine Anstellung finden wollte, würde er ihr ein Empfehlungsschreiben ausstellen, das ihr sicher die gewünschte Stelle verschaffen würde. Trystan versprach, ihre Garderobe, ihr neues Pferd und einige

Angestellte mitzuschicken, die sich um sie und das Anwesen kümmern würden. Es war sein Wunsch, sie für ihre Teilnahme an der Wette zu belohnen und dass sie sich keine Sorgen machen müsse, ihn wiederzusehen. Sie konnte jetzt tun und lassen, was sie wollte. Aber warum warf allein der Gedanke daran, dass sie aus seinem Leben verschwunden sein würde, einen grauen, lustlosen Schleier über seine Zukunft?

Er faltete den Brief zusammen und schlich zurück in Bridgets Schlafgemach. Zu seiner Erleichterung schlief sie noch. Er legte das Papier auf das Kissen neben ihr, dann nahm er aus einem Impuls heraus die Blüte einer Rose aus einer Vase in der Nähe und legte sie auf den Brief. Bridget seufzte leise und drehte sich im Schlaf um, wobei ihre Hand über das Laken glitt, auf dem er gelegen hatte. Er hätte alles dafür gegeben, wieder zu ihr unter die Decke zu kriechen. Aber wenn er jetzt nicht verschwinden würde, würde er es vielleicht nie schaffen.

»Lebwohl, kleine Katze«, flüsterte er. Dann sah er einen letzten Diamantenstern, der noch immer in den Locken ihres Haares steckte. Das Sternchen blinzelte im Sonnenlicht und erinnerte ihn an jeden unglaublichen Moment, den sie letzte Nacht geteilt hatten, vom Tanzen auf dem Ball bis hin zur Liebe und dem Gefühl, mit ihr wirklich frei zu sein.

Es fiel ihm plötzlich schwer zu schlucken, als er aus dem Schlafgemach trat und die Tür schloss. Er drehte sich um und sah sich Marvella gegenüber, die einen Stapel frischer Wäsche in den Armen hielt. Ihre Augen weiteten sich ein wenig, als sie sah, wie er aus Bridgets Schlafgemach schlüpfte.

»Äh ... guten Morgen, Marvella«, sagte er ziemlich schnell. Dann flüchtete er die Treppe hinunter, holte seinen Mantel und seinen Hut und sagte seinem Butler, er sei auf dem Weg zu seinem Club. Bridget würde den Brief früh genug lesen und gehen. Das wäre das Ende der Geschichte.

◈

DAS GESPRÄCH, DAS TRYSTAN IHR FÜR DEN MORGEN nach dem Ball versprochen hatte, fand nicht statt. Als Bridget aufwachte, fand sie das Bett leer vor und einen Brief mit einer wunderschönen, tiefroten Rose auf dem Kissen, auf dem sein Kopf in der Nacht zuvor gelegen hatte.

Mit zitternder Hand nahm sie die Rose und führte sie an ihre Nase, um ihren Duft einzuatmen. Dann legte sie die Blüte ab und öffnete den Brief.

BRIDGET,

Ich habe gestern Abend einen Fehler gemacht, als ich mit dir geschlafen habe. Nein, Höllenkatze, ich bereue keine Sekunde unserer gemeinsamen Zeit. Ich bedaure nur, dass ich dir nicht mehr als diese eine Nacht geben kann. Mein Fehler war, dass du mir zu wichtig geworden bist, obwohl ich dir nicht geben kann, was du verdienst. Ein Leben als Gräfin würde dich nicht glücklich machen. Sobald die Wahrheit bekannt wäre, würdest du auf Schritt und Tritt mit Härte und Verurteilung konfrontiert werden, und ich könnte es nicht ertragen, dich kämpfen und leiden zu sehen.

Ich habe ein Päckchen für dich bei Mr. Fydell hinterlegt. Der Umschlag enthält die Urkunde für das Haus, in dem du wohnen sollst, und ich habe Fydell gesagt, dass Marvella mit dir gehen kann und weiterhin den gleichen Lohn erhält. In dem Haus wird es eine Köchin, einen Butler und ein paar andere Bedienstete geben, die dir helfen. Es hat zehn Schlafzimmer und sollte dir damit ausreichend Platz zum Erblühen geben, wie jede Blume mit Platz und Sonnenlicht.

Ich weiß, dass du wütend auf mich sein musst, aber sei versichert, dass ich dir alles geben werde, was du zum Leben brauchst, um dich und unser Kind gesund und glücklich zu halten, falls unsere gemeinsame Nacht irgendwelche Konsequenzen haben sollte. Du sollst wissen, dass du mir etwas gegeben hast, an das ich mich erinnern werde. Ich werde unsere Nacht für immer in meinem Herzen bewahren.

Dein,

Trystan

. . .

SIE STARRTE AUF DEN BRIEF, SO SEHR WAR SIE VON DEM Inhalt überwältigt. Aber was sie immer wieder beschäftigte, waren *die Konsequenzen ihrer Nacht*. Sie holte zittrig Luft und legte eine Hand auf ihren Bauch. Wuchs in ihr ein Kind heran? Sie wusste so gut wie nichts über solche weiblichen Angelegenheiten.

Trotz der Jahre des rauen Lebens war sie in vielerlei Hinsicht immer noch viel zu unschuldig, doch *er* hatte die Risiken der letzten Nacht gekannt. Dafür hätte sie ihn ohrfeigen können, wenn schon sonst nichts. Wenn sie schwanger sein sollte, würde sie *ihn* mit dem Kind bekannt machen. Sie würde nicht zulassen, dass ihr Baby aufwachsen musste, ohne seinen Vater zu kennen. Er würde sich dieser Situation stellen müssen, ob er wollte oder nicht.

Bridget saß eine ganze Weile im Bett und starrte auf den Brief, bis sie das Gefühl hatte, ihn auswendig zu können. Marvella räumte leise das Zimmer auf und überließ Bridget ihren Gedanken, bis sie sich schließlich von ihrem Bett erhob.

»Geht es Ihnen gut, Miss?«, fragte Marvella.

»Ja ... nein. Ich weiß es ehrlich gesagt nicht. Trystan hat mir eine Hütte zur Verfügung gestellt, in der ich wohnen kann, und er hat gesagt, er würde dich mit mir kommen lassen und deinen Lohn weiter zahlen. Willst du mitkommen?« Sie hoffte inständig, dass Marvella zustimmen würde. Das Hausmädchen war in dem letzten Monat, den sie zusammen verbracht hatten, zu ihrer Freundin geworden.

»Ich würde mich freuen«, sagte Marvella und legte einen Arm um Bridget. »Warum bringe ich Ihnen nicht erstmal das Frühstück?«

»Danke.«

Bridget zog sich nach einer kleinen Mahlzeit an und unterhielt sich dann mit Mr. Fydell über die Dokumente zur Hütte. Mit seiner Hilfe plante sie, die Sachen zu packen und eine von Trystans Reisekutschen für die Abfahrt am Nachmittag vorzubereiten.

Sie war gerade dabei, sich von den Mitarbeitern des Londoner Stadthauses zu verabschieden, als Lord Kent eintraf. Er und Graham, so hatte sie erfahren, waren in ihre eigenen Londoner Stadthäuser gegangen, nachdem sie am Abend zuvor in die Brandyfeier im Billardzimmer reingeplatzt war.

Kent nahm seinen Hut ab und wartete mit ihr in der Eingangshalle. Die Bediensteten entfernten sich, um ihnen Privatsphäre zu geben.

»Du gehst?«, fragte er, und seine sanften Augen waren voller Sorge.

»Ja, Trystan hat mir gesagt, ich solle mich in sein Haus am Meer zurückziehen, aber ich habe noch andere Dinge zu tun, und ich dachte, es wäre besser, wenn ich gleich aufbreche, um sie zu erledigen.«

»Andere Dinge?« Kent lächelte, aber in seinem

Gesichtsausdruck lag ein Hauch von Traurigkeit. »Darf ich fragen, was das für Dinge sind?«

Sie lächelte ihn an. »Oh ... ich glaube, ich habe noch ein paar Abenteuer zu bestehen, bevor ich Trystan erlaube, eine alte Jungfer aus mir zu machen. Ist es in Ordnung, wenn ich Beau mitnehme?«

»Natürlich. Er ist mein Geschenk an dich.« Kent strich mit dem Daumen über den silbernen Griff seines Stocks. »Möchtest du bei diesen Abenteuern nicht ein bisschen Gesellschaft haben? Ich könnte mit dir kommen.«

Sie hob eine Hand und legte ihre Handfläche auf seine Wange. »Sie haben mich immer wie eine Dame behandelt, Lord Kent. Sie werden nie wissen, wieviel mir das das bedeutet. Aber jetzt muss ich die Welt auf eigene Faust erkunden und lernen, wozu diese neue Version von mir fähig ist. Aber Sie können etwas für mich tun.«

»Sag es.«

»Kümmern Sie sich für mich um Trystan. Ich befürchte, dass er leichtsinnig sein wird. Lassen Sie nicht zu, dass er verletzt wird.«

Kent reichte ihr die Hand, und sie legte ihre Handfläche in seine.

»Bis wir das Glück haben, uns wiederzusehen, Bridget.«

»Phillip«, antwortete sie, fast schüchtern, seinen

Vornamen zu benutzen. Sie nahm an, dass sie wirklich eine Dame war. Was auch immer für ein widerspenstiges Geschöpf sie einst gewesen war, mit grober Sprache und rüden Manieren, sie hatte sich verändert. Ein Teil von ihr trauerte um den Verlust ihres alten Ichs, und sie hatte einmal befürchtet, dass Trystans Lektionen sie nutzlos gemacht hatten, aber das war nicht der Fall. Sie würde immer noch eine Dame sein, aber sie würde ihre eigenen Regeln für ihr Leben aufstellen. Sie würde nicht die Rolle einer stillen kleinen Jungfer in einem Häuschen am Meer spielen, auch wenn es zehn Zimmer hatte und eher wie ein Palast klang. Sie würde das Haus sicher bald besuchen, aber sie hatte nicht vor, ihr Dasein dort zu fristen, ganz gleich, was Trystan wünschte.

✦

ZWEI MONATE SPÄTER ...

TRYSTAN STARRTE MR. CHAVENAGE AN. »WAS ZUM Teufel soll das heißen, sie ist nie in der Hütte angekommen?«

Sein Butler straffte die Schultern und blieb angesichts von Trystans Wut ruhig. Das war einer der Gründe, warum er Mr. Chavenage so gut bezahlte. Der

Mann ging mit Trystans launischen Stimmungen sehr gut um.

»Mr. Gaythan, Ihr Butler im Cottage, schrieb mir heute Morgen, als ich mich nach dem Aufenthalt von Miss Ringgold erkundigte. Er sagte, sie sei nie angekommen.«

»Und warum erfahre ich erst *jetzt* davon?«

»Sie schrieb ihm kurz nach der Ankunft des Personals, dass sie noch vor Ende des Sommers kommen würde und dass er sich bis zu ihrer Ankunft keine Sorgen um sie machen solle.«

»Keine Sorgen?« Trystan zerriss den nächstgelegenen Brief vor ihm in kleine Fetzen. Zum Glück handelte es sich nur um ein Schreiben von Graham, das er bereits gelesen hatte, bevor sein Butler ins Arbeitszimmer kam.

»Warum haben Sie sich nicht schon früher nach ihr erkundigt, Chavenage?«

Sein Butler warf ihm einen ziemlich frustrierten Blick zu. »Nun, wenn man bedenkt, wie nahe die Hütte liegt, dachte ich eher, dass *Sie* sie selbst besucht hätten, Mylord.«

Nun, verdammt, da hat der Mann nicht ganz Unrecht, gab Trystan innerlich zu.

Er hatte Bridget das Haus geschenkt, um sie in seiner Nähe zu haben, aber er hatte nie vorgehabt, sie zu besuchen. Das wäre nicht nur höchst unpassend, sondern auch gefährlich für sein Herz gewesen.

»Wo, zum Teufel, ist das Mädchen, wenn sie nicht in der Hütte ist?«, fragte er, nicht gerade in der Erwartung, dass Mr. Chavenage ihm eine Antwort würde geben können.

»Ich habe nicht die geringste Ahnung, Mylord. Sie hat *diese* jedoch an Mrs. Story geschickt.« Der Butler überreichte mehrere kurze Briefe. Darin waren Standorte von Edinburgh bis Brighton Beach angegeben.

»Hat sie die geschickt?« Er studierte Bridgets Handschrift in den kurzen Geschichten, die sie an die Haushälterin geschrieben hatte.

»Offensichtlich. Mrs. Story wusste nicht, dass das Mädchen nicht auf Erkundungstour gehen sollte, und so hat sie nicht daran gedacht, zu erwähnen, dass sie die Briefe erhalten hat, bis ich heute Morgen mit ihr darüber gesprochen habe.«

»*Erkundungstour*«, murmelte Trystan, als er die Briefe untersuchte. Genau das hatte sie offenbar getan, wenn die schnell aufgeschriebenen Geschichten wahr waren. Sie war in Brighton Beach schwimmen gegangen, hatte Museen und Denkmäler in Schottland besucht. Sie war sogar mit einem Kutter durch Südengland gesegelt und hatte die Isle of Skye im Norden Schottlands bereist. Sie lernte Französisch von Marvella, die diese Sprache vor Jahren gelernt hatte. Die beiden Mädchen wollten irgendwann einmal nach Frankreich reisen. Er hatte Bridget eine Menge Geld gegeben, als er für sie ein

Konto bei einer Bank eröffnet hatte, die einem Freund von ihm gehörte, und er hatte sich nicht darum gekümmert, zu überprüfen, was sie mit dem Geld gemacht hatte. Offensichtlich hatte sie sich damit in Abenteuer gestürzt. Und anstatt wütend zu sein ... fühlte er sich fasziniert und seltsam amüsiert.

Trystan merkte, dass er tatsächlich lächelte. Der kleine Wildfang hatte ihm das Gegenteil bewiesen. Er hatte geglaubt, er hätte sie zu einem Schwan geformt wie all die anderen Frauen in London. Aber das hatte er nicht getan. Sie war *schon immer* ein Schwan gewesen; er hatte ihr nur gezeigt, dass sie fliegen konnte. Er bedauerte plötzlich, dass er nicht bei ihr war. Er hätte sie gerne im Badeanzug gesehen, wie sie Muscheln sammelte und das Meer ihre Haut streichelt. Er hätte mit ihr gelacht, wenn er ihren Geschichten zuhörte, während sie auf dem Rücken von Beau durch die Highlands ritten.

»Meine kleine Katze *lebt*«, sagte er, und seine Kehle fühlte sich merkwürdig eng an.

»Mylord?«

»Ähm ... geben Sie diese bitte Mrs. Story zurück. Sagen Sie ihr, dass ich es *sofort* erfahren will, wenn sie einen anderen erhält. Vielleicht kann ich dann Bridgets Aufenthaltsort herausfinden oder zumindest ihre Spur aufnehmen.« Er tippte nachdenklich mit dem Finger auf seinen Stapel ungeöffneter Briefe. »Ich glaube, ich werde heute Nachmittag meine Großtante besuchen. Bitte lassen Sie mein Pferd satteln.«

Sein Butler ließ ihn allein, und er nahm sich einen Moment Zeit, um die zerrissenen Überreste von Grahams Brief einzusammeln. Nachdem er die Wette gewonnen hatte, hatte Graham ihm sofort seinen Rennwagen und sein Pferdegespann als Bezahlung angeboten, aber nachdem Trystan ein paar Tage lang darüber nachgedacht hatte, hatte er abgelehnt. Graham hatte auf dem Handel bestanden, aber Trystan hatte sich schließlich mit ihm auf einen Whisky in ihrem Club getroffen und ihm erklärt, warum er den Handel nicht annehmen konnte. Graham hatte Bridget bei ihren Vorbereitungen fast genauso viel geholfen wie Trystan und Kent, und es war nicht gerecht, den Gewinn zu nehmen, nachdem der Mann alles getan hatte, um Trystan zum Sieg zu verhelfen.

Schließlich akzeptierte Graham dies, und sie hatten in kameradschaftlichem Schweigen am Kamin Whisky getrunken, aber nach einem Moment hatte sein Freund schließlich wehmütig gelächelt und gesagt, er wünschte, Bridget wäre bei ihnen. Ihre Abwesenheit fühlte sich so seltsam an, nachdem sie über einen Monat lang ständig anwesend gewesen war.

Graham hatte Recht. Er hatte sich an das Mädchen gewöhnt. In all der Zeit, die sie mit Lernen und Üben verbracht hatten, war noch so viel mehr passiert - an das er sich jetzt gerne erinnerte. Wie sie sich in den Sessel ihm gegenüber am Kamin kuschelte und in einem Buch blätterte, während er sein eigenes las. Wie Graham und Kent Schach spielten, und manchmal spielten sie zu viert Whist oder Faro. Er konnte nicht mehr zählen, wie oft er in den letzten zwei Monaten durch die Flure seines Hauses in Zennor gewandert war und die Geister ihrer Erinnerung gejagt hatte. So sehr er es sich auch wünschte, seine Erinnerungen konnten ihren Geist nicht wiedererwecken.

Sie hatte sich in sein Leben eingefügt, als wäre sie schon immer ein wichtiger Teil davon gewesen. Bis jetzt war ihm nie bewusst gewesen, wie wichtig sie für seinen Tag geworden war. Er hatte es *genossen*, mit ihr unter seinem Dach zu leben. Das war wirklich eine seltsame Sache. Aber was konnte er tun? Er konnte das Mädchen nicht heiraten, er konnte ihr nicht zumuten, was seine Mutter durchgemacht hatte. Er konnte nicht riskieren, dass ihr Geist gebrochen werden würde. Sie sollte ihr eigenes Leben leben, so wie sie es jetzt tat.

Eine Stunde später ritt er zu Lady Helenas Haus und wurde vom Butler seiner Großtante ins Haus geführt. Helena war im Wintergarten und schnitt Rosen. Ihre Brille saß auf der Nase, und das hellviolette Kleid, das sie trug, wurde von einer Schürze verdeckt, die mit Schmutzflecken übersät war. Sie begrüßte ihn mit einer Umarmung und einem Kuss auf seine Wange.

»Was macht mein Lieblingsneffe hier?«, fragte sie, während sie eine weitere Rose schnitt und sie in eine Vase auf einem Tisch in der Nähe stellte.

»Nun, ich weiß es ehrlich gesagt nicht.« Er nahm an, dass er gekommen war, weil er mit einem Menschen reden wollte, dem er etwas bedeutete, aber er brauchte auch jemanden, der ehrlich war.

Lady Helena gluckste. »Nun, du siehst wirklich verloren aus«, sagte seine Tante. »Und wo ist mein Liebling Bridget?«, fragte sie.

»Bridget?«, echote er.

»Ja, sie kommt immer zu mir, wenn du es tust.« Lady Helena schnitt weiter Rosen.

Das stimmte. In jenem Monat hatte er begonnen, seine Tante zweimal pro Woche zu besuchen, und Bridget hatte es geliebt, mitzukommen. Sie und Helena hatten sich prächtig verstanden, und beim Anblick ihrer übereinander gebeugten Köpfe wurde seine Brust immer eng und füllte sich mit Wärme.

»Oh ... sie ist weg.« Er hatte plötzlich das Bedürfnis, sich bei seiner Großtante zu entlasten.

»Weg?« Helena wiederholte das Wort mit der klaren Befürchtung, dass Bridget etwas zugestoßen war.

»Sie ist gegangen ... das meinte ich. Die Wette ist vorbei und sie hat sich selbständig gemacht, so wie wir es immer geplant hatten.« Es war die Wahrheit, aber warum hinterließ das Aussprechen dieser Worte einen so schrecklichen, hohlen Schmerz in seiner Brust? Indem sie ihn verlassen hatte, hatte sie nicht nur sich selbst, sondern auch einen Teil seiner eigenen Seele mitgenommen, und alles, was er hatte, waren Erinnerungen, die einfach nicht ausreichten. Er hatte sich seit Wochen selbst belogen und gesagt, es sei ihm egal, dass sie weg war. Aber es war ihm verdammt nochmal eben nicht egal.

»Erzähl mir alles, lieber Junge.«

Sie reichte ihm eine Schere, und er machte sich neben ihr an die Arbeit, Rosen zu schneiden. Diese Art von Aufgaben hatte er immer gemocht. Seine Mutter hatte ihm gut beigebracht, wie man sich um wachsende Dinge kümmert. Während sie Seite an Seite Rosen schnitten, erzählte Trystan Helena alles, was auf dem Ball geschehen war, wie Bridget so königlich wie eine Prinzessin aufgetreten war und wie sie alle getäuscht hatte, sogar den gerissenen Rafe Lennox, der sie mehrmals in der alten Taverne getroffen hatte. Als sie endlich fertig war, zog sie die Handschuhe aus und legte die Schere ab.

»Jetzt ist meine kleine Katze weg, und ich weiß nicht, wo sie ist und ob sie in Sicherheit ist. Das macht mir große Sorgen, weil ...«

»Du liebst sie«, beendete seine Tante.

»Ich kann nicht ...«

»Lüg mich nicht an, Trystan. Du solltest dich auch

nicht selbst belügen. Ich bin viel zu alt, und doch können meine Ohren, so taub sie manchmal auch sind, eine Lüge über die Liebe nicht ertragen.« Sie streifte sich die Gartenschürze ab und legte sie auf den Tisch, dann sah sie ihn mit einem mütterlichen Blick an.

»Tante Helena, ich ...«

»Was kann es schaden, zuzugeben, dass du Bridget liebst? Wird dich ein Blitz treffen?«

»Ich habe ein bisschen das Gefühl, dass genau das passieren könnte«, brummte er. »So etwas zuzugeben ... Das ist, nun ja, das macht man nicht, nicht wahr? Nur Narren verlieben sich. Ich kann nicht aus Liebe heiraten, und ich habe auch nicht den Wunsch, wegen eines Vorteils zu heiraten, was also kann ich tun?«

»Ziemlich *allein* bleiben, würde ich sagen«, sagte Helena ganz unverblümt. »Es ist sicher nicht falsch, allein zu sein - ich habe meine Einsamkeit sehr genossen -, aber du wärst ein verdammter Narr, wenn du die Liebe deines Lebens verlassen würdest. Und was ist falsch daran, aus Liebe zu heiraten? Dein Vater hat es getan.«

»Und sieh dir an, was mit ihm passiert ist.« Trystan legte seine Schere ein wenig zu energisch auf den Tisch. Die Augen seiner Großtante verengten sich hinter ihrer Brille.

»Was passiert ist, war, dass deine Eltern sehr glücklich waren. Sie haben einander geliebt und hatten einen wunderbaren Sohn.«

»Aber es hat nicht *glücklich geendet*«, erinnerte er sie. Der alte Schmerz des Verlustes grub seine Krallen wieder in ihn hinein. »Mutter wurde von allen in Vaters gesellschaftlichen Kreisen gemieden.«

Helena nickte traurig. »Weil sie eine Romani war. Ja, das weiß ich.«

»Sie wurde wie eine Ausgestoßene behandelt, und das trieb sie in ein frühes Grab. Ich habe als Junge genug darunter gelitten, dass ich wegen meines Zigeunerblutes gehänselt wurde. Aber jetzt bin ich erwachsen, und es kümmert mich kein bisschen, was andere sagen. Aber Vater … Er war nie mehr derselbe, nachdem er Mutter verloren hatte.« Er hatte *noch nie* in seinem Leben so offen über diese schmerzhafte Zeit gesprochen, aber jetzt, wo er angefangen hatte, konnte er nicht mehr aufhören.

»Verstehst du nicht? Die Wahrheit über Bridget würde ans Licht kommen, und dann würde sie in der gleichen Situation sein wie meine Mutter. Ich würde sie sofort heiraten, aber … aber ich kann nicht zusehen, wie sie zerbricht, so wie meine Mutter zerbrochen ist. Ja, sie hat auf dem Ball von Lady Tremaine alle getäuscht, aber diese Fassade kann nicht ewig aufrechterhalten werden. Man würde sie auslachen, verspotten, *zerstören*. Das könnte ich nicht mit ansehen.«

Helena starrte ihn an. »Hast du dir die Mühe gemacht, mit Bridget über deine wahren Gefühle zu sprechen? Sie ist nicht annähernd so sehr wie deine Mutter, wie du denkst.«

»Natürlich habe ich das nicht. Ich wollte nicht, dass sie glaubt, es gäbe eine Chance zu heiraten, wenn es nicht so ist.«

»Trystan, mein Lieber«, sagte sie sanfter. »Deine Mutter war ein wildes und sorgloses Geschöpf, genau wie Bridget, aber sie war auch eine zarte Blume. Ihr Vater wusste das, als er sie heiratete. Er ging das Risiko ein, sein Leben mit ihr zu teilen, und sie tat es auch. Aber Bridget ist nicht so. Diese junge Frau hat ihr ganzes Leben lang ums Überleben kämpfen müssen. Sie hat sich in Situationen durchgesetzt, in denen andere kaum durchhalten konnten. Sie ist *keine* zarte Blume. Sie ist eine Eiche mit tiefen Wurzeln. Sie würde sich von niemandem hinausdrängen lassen, nicht wie deine Mutter. Außerdem kann ich mir vorstellen, dass ein großer Kreis von Männern und Frauen, die dir gegenüber sehr loyal sind, das Gleiche mit denjenigen tun würde, die es wagen, deine Frau aus der Gesellschaft auszuschließen, wenn es jemand wagen würde, ihr direkt den Laufpass zu geben. Sie hat Beschützer - sie hat *dich* -, aber vor allem hat sie *sich selbst*. Eine starke Frau interessiert sich nicht für die Meinung anderer, sondern nur für ihre eigene Meinung. Daraus zieht sie ihr Selbstvertrauen, und wenn jemand das Selbstvertrauen wie einen Schild trägt, finden die Pfeile und Stacheln der unsicheren und eifersüchtigen Menschen keine schwachen Stellen, die sie treffen könnten.«

Trystan starrte seine Großtante voller Ehrfurcht an. Sie hatte recht, und er hatte sich nicht getraut, es zuzugeben, weil er selbst nicht bereit gewesen war, sich einzugestehen, dass er sich verliebt hatte.

»Nun, und was sind jetzt deine Pläne, mein Junge? Du kannst nicht ewig hier stehen und Rosen schneiden, so sehr ich deine Gesellschaft auch genießen mag.«

»Äh ... nein, ich denke nicht.« Er starrte hoffnungslos auf die Schere, die er auf die Topfbank gelegt hatte.

»Steh nicht einfach so da. Anstatt vor ihr wegzulaufen, geh ihr nach.« Helena warf ihm einen Gartenhandschuh ins Gesicht. Das Ding traf ihn, und er konnte es gerade noch auffangen, bevor es zu Boden fiel.

»Ich habe keine Ahnung, wo sie ist. Sie könnte sonstwo in England sein. Und was, wenn sie mich nicht will? Was ist, wenn sie mich nicht braucht?«

»Willst du, dass sie dich braucht?«, fragte Helena.

Er schwieg einen langen Moment. »Ich will nur, dass sie mich liebt ... aber ich war so schrecklich befehlshaberisch zu ihr. Was, wenn sie denkt, ich befehle ihr, nach Hause zu kommen, wie ein dressierter Spaniel?«

Daraufhin lachte seine Tante fröhlich. »Himmel, wie kommst du nur auf so einen Unsinn? Bridget ist kein Spaniel, und das weißt du. Das Mädchen hat einen schönen Biss, wie jede gute Wildkatze. Eine solche Kreatur kann man weder zähmen noch kontrollieren. Man füttert sie, pflegt sie, liebt sie, und eines Nachts liegt sie in deinen Armen, zufrieden wie ein Kätzchen.« Sie schnitt eine weitere Rose ab und stellte sie in die Vase, dann trat sie zurück, um ihr Werk zu bewundern.

»Warum hast du nie geheiratet?«, fragte Trystan seine Tante. Bis jetzt hatte er noch nie wirklich über das einsame Leben seiner Tante nachgedacht.

»Weil ich wie Bridget war und es auf der ganzen Welt nur einen Mann für mich gab. Er starb im Kampf gegen die amerikanischen Kolonisten. Als er nicht mehr nach Hause kam, fürchtete ich bereits, dass es niemanden geben würde, der seinen Platz einnehmen könnte, und obwohl ich mein Herz offen hielt, hatte ich Recht. Er war eine einmalige Liebe.« Ihre Stimme war sanft und voll von altem Herzschmerz, den Trystan jetzt selbst spürte, als er an Bridget dachte, die irgendwo weit weg ein Leben ohne ihn führte, weil er es versäumt hatte, ihr seine Liebe zu gestehen.

»Tut mir leid, Tante Helena, das wusste ich nicht.«

Sie drehte sich zu ihm um und streckte ihre behandschuhten Hände aus, die seine sanft drückten.

»Sie will dich, Trystan. Vertraue einer alten Frau, wenn ich sage, dass ich weiß, wie Liebe aussieht. Sie hat dich immer nur mit Liebe in den Augen angesehen, selbst wenn sie wütend auf dich war. Ist das nicht das

Maß der Liebe? Durch die Wut und den Schmerz hindurch zu lieben, wenn man es muss?«

Trystan spürte, wie seine Kehle unerträglich eng wurde, als er versuchte zu sprechen. »Du bist nicht alt«, sagte er.

Sie lachte und strich ihm liebevoll über die Wange, ihre Augen leuchteten. »Meine Knochen sind es vielleicht, aber der Geist ist ewig jung.« Sie strich ihm einmal über die Wange und wandte sich dann wieder dem Schneiden zu.

»Was soll ich tun?«, fragte er.

Helena verdrehte die Augen, als ob die Antwort offensichtlich wäre. »Warum gehst du nicht nach Hause und schläfst darüber? Ich denke, du wirst schneller als du glaubst einen Hinweis finden.«

»Ja, gute Idee«, meinte er nachdenklich. Als er sich umdrehte, um zu gehen, sah er eine kleine Holzschnitzerei auf der Bank, auf der er seine Schere so achtlos niedergelegt hatte. Seine Tante hatte ihm den Rücken zugewandt, als er die Holzschnitzerei aufhob. Das Stück war so groß wie seine Hand und zeigte einen Mann mit einem edel aussehenden Gesicht. Das Holz war mit liebevoller Sorgfalt geglättet worden, und er erkannte den Stil ebenso wieder wie sein eigenes Gesicht, das ihm von der Schnitzerei entgegenblickte. Bridget war hier gewesen ... Irgendwann in letzter Zeit ... aber wann? Er fragte seine Tante nicht; sie hätte es ihm nicht gesagt.

Dies war schließlich seine Aufgabe - Bridgets Liebe und Vertrauen wieder zu gewinnen. Er steckte die kleine Schnitzerei in seine Manteltasche und kehrte dann zu seiner Tante zurück.

Er gab seiner Großtante einen Kuss auf die Wange, bevor er den Wintergarten verließ, und sie widmete sich wieder dem Baumschnitt. Anstatt auf den Pferdepfleger zu warten, der sein Pferd holen sollte, beschloss er, selbst in den Stall zu gehen. Als er durch die Tür trat, blieb er beim Anblick des vertrauten kastanienfarbenen Pferdes stehen, das in einem der Ställe an einem Eimer Hafer kaute.

»Beau?« Er ging zu dem Tier hinüber und streichelte seinen Hals, um sich zu vergewissern, dass seine Augen ihn nicht täuschten. »Wenn du hier bist, muss deine Herrin ja auch in der Nähe sein, oder?« Bridget war also hierher gekommen, und vielleicht war sie immer noch hier. Er gab dem Pferd noch einen Klaps, bevor er nach einem Pferdepfleger rief, um sein Pferd zu satteln. Er musste sofort nach Hause zurückkehren. Er würde einen Plan in die Tat umsetzen, um seine eigensinnige kleine Katze in der Mausefalle des Pfarrers zu fangen.

✵

LADY HELENA WARTETE, BIS SIE SICHER WAR, DASS IHR Neffe weg war, und sprach dann zu einer entfernten

Ecke des Wintergartens, wo mehrere hohe Bäume und Pflanzen einen privaten Sitzbereich versperrten.

»Du kannst jetzt herauskommen. Er ist weg.«

Bridget spähte um einen Busch herum. »Sind Sie sicher?«

Helena gluckste. »Ja. Wie viel konntest du mithören?«

»Alles«, gab Bridget zu.

»Und?« Helena hob die Vase mit den Rosen auf. Bridget stürzte vor und nahm ihr den schweren Gegenstand ab.

»Und was?« Bridget folgte Helena, als sie den Wintergarten verließen und zum Salon gingen.

»Du hast ihn gehört, Kind. Der Mann liebt dich. Was noch wichtiger ist: Er ist in dich *verliebt*.«

Bridget stellte die Vase auf einem Tisch neben dem Fenster ab und blickte auf den Garten hinter dem Glas hinaus.

»Glauben Sie, er würde mich heiraten? Wenn er nicht so besorgt wäre, dass ich zerbreche?«

»Ich glaube schon«, sagte Helena. »Jetzt versteht er, wie stark du bist. Vorher war er durch seine Angst wegen der Vergangenheit zu geblendet, um es zu sehen, aber jetzt denkt er klar.«

Helena ließ sich in einen Sessel fallen, ihre Knochen schmerzten von der täglichen Arbeit im Wintergarten, aber das machte ihr nichts aus. In ihrem Alter erinnerten die Schmerzen sie daran, dass sie ein langes und gutes Leben gelebt hatte, das noch lange nicht zu Ende war, wenn sie etwas zu sagen hatte. Sie wollte miterleben, wie Trystan und Bridget ihr ein Dutzend Urgroßneffen und Urgroßnichten schenkten.

»Würdest du ihn heiraten, wenn er dich darum bittet?«

Die junge Frau rückte die Rosen in der Vase zurecht und zuckte dann zusammen, als sie von einem Dorn gestochen wurde. Anstatt zu schreien oder sich aufzuregen, saugte sie einfach an der Wunde, bevor sie ihre Arbeit wieder aufnahm. Helena lächelte. *Eindeutig eine Eiche, dieses Mädchen*, dachte sie.

»Das würde ich, wenn er es wirklich ernst meint. Ich werde weder eine *Verpflichtung* für ihn sein, noch eine *Zierde*. Ich will, dass er mich will, dass er mit mir zusammen sein will, so wie ich mit ihm zusammen sein will.«

Sie pusselte noch ein wenig mit den Blüten herum, dann setzte sie sich mit einem frustrierten Seufzer auf einen Stuhl.

»Es gibt noch so viel, was ich tun möchte, so viel zu sehen. Was, wenn er mich diese Dinge nicht tun lässt?«

Helena gluckste. »Ich würde gerne sehen, wie er oder ein anderer versucht, dich aufzuhalten. Er wird sich dir anschließen oder nicht, und ich denke, er wird sich dir anschließen. Für einen Mann der Muße ist er gerne beschäftigt. Er kann nicht sehr lange stillsitzen, genau wie du.«

Bridget lachte. »Darin sind wir uns sicher sehr ähnlich, oder?«

»Ja. Jetzt komm und hilf mir, meine nächste Dinnerparty zu planen.« Helena lenkte das Mädchen von ihren Sorgen ab und verbarg ihr Lächeln. Sie war eine ausgezeichnete Schachspielerin. Sie würde warten, bis Trystan den ersten Schritt machte, und dann würde sie die Königin in seine Arme laufen lassen.

❦ 10 ❦

Bridget starrte auf die alte, heruntergekommene Taverne am Rande von Penzance. Der Ort hatte sich in den letzten drei Monaten, seit sie ihn verlassen hatte, überhaupt nicht verändert.

»Miss Bridget, was soll ich tun, während Sie weg sind?«, fragte Marvella.

»Warte hier auf mich in der Kutsche. Steige aber nicht aus. Dieser Teil der Stadt ist nicht seriös.«

Ihr treues Dienstmädchen nickte und drückte Bridgets Hand, bevor sie zu der wartenden Kutsche zurückkehrte und darin verschwand.

»Wieder da«, seufzte Bridget vor sich hin.

Waren es wirklich nur drei Monate gewesen? Es kam ihr so vor, als läge das Leben, das sie hier geführt hatte, ein Jahrhundert zurück. Sie überprüfte das Häubchen auf ihrem Kopf und richtete die große orangefarbene Schleife unter ihrem Kinn. Dann raffte sie die Röcke ihres feinen Wanderkleides und schritt auf die Taverne zu. Sie wusste, dass sie in dem himmelblauen Satinkleid mit Puffärmeln und orangefarbenen Blumen, die auf ihr Mieder gestickt waren, ein schönes Bild abgab. Die Männer auf der Straße beäugten sie mit Respekt und Wertschätzung.

Sie trat ein, ihre Sicht kurzzeitig getrübt, während sie sich an das Licht gewöhnte. Eine bekannte Gestalt stand an der Theke, putzte Gläser mit einem schmutzigen Lappen und brummte. Als er den Kopf hob, wartete sie darauf, einen Funken des Erkennens in den Augen des Mannes zu sehen, aber es kam nichts. Stattdessen stolperte ihr Stiefvater fast über sich selbst, um ihr einen Sitzplatz und Essen anzubieten. Die alte Bridget hätte gelacht und den Mann beschimpft, weil er sie nicht erkannt hatte, aber jetzt kümmerte sie sich nicht um den Mann, der einst ihre einzige Familie auf der Welt gewesen war.

»Was darf ich Ihnen bringen, Mylady?«, fragte er.

»Ein Bier, bitte«, sagte sie ruhig, schaute sich im Raum um und lächelte. Ein Mann saß mit dem Rücken zu ihr an einem entfernten Tisch, in der Hand eine kleine Holzschnitzerei. Sein dunkles, gewelltes Haar schimmerte in dem gedämpften Sonnenlicht, das durch die schmutzigen Fenster von der Straße hereinfiel. Ohne einen weiteren Blick auf ihren Stiefvater zu werfen, nahm sie ihren Bierkrug und ging auf den Mann am entfernten Tisch zu, bis sie kurz hinter ihm stehen blieb.

»He, was willst du trinken, Schickimicki?«, verlangte sie unhöflich in ihrem alten Akzent.

»Hüte deine Zunge und bring mir einen Becher Bier«, befahl der Mann, während er die Holzschnitzerei auf den Tisch legte.

Sie knallte das Bier neben seinem Arm auf den Tisch, und es schwappte gefährlich nahe an seine Hand heran. Er ergriff blitzschnell ihr Handgelenk und zog sie so, dass sie mit dem Hintern in seinem Schoß landete. Sie fand das Gleichgewicht wieder, indem sie ihre Handflächen auf seine Brust legte. Der Mann schlang seine Arme um sie und hielt sie fest auf seinem Schoß.

»Hallo, Liebling«, sagte Trystan, und in seinem Blick brannte ein Feuer, das sie vermisst hatte, seit sie ihn verlassen hatte. Und dann war da noch die Art, wie er sie »Liebling« genannt hatte. Das hatte er noch nie getan, und es ließ ihr Herz wie verrückt flattern.

»Hallo«, grüßte sie mit einem zögerlichen Lächeln. Beide ignorierten die Tatsache, dass sie an einem sehr öffentlichen Ort auf seinem Schoß saß. »Warum bist du *hierher zurückgekommen?*« Sie nickte der Taverne um sie herum zu.

»Um *dich* zu finden, natürlich.«

»Aber ich war nicht hier ...« Sie hielt abrupt inne, um

nicht zu verraten, dass sie sich seit einer Woche in Lady Helenas Haus versteckt hatte. Er hob die Schnitzerei vom Tisch auf und hielt sie ihr vor die Nase. Es war das Bild, das sie von seinem Gesicht gemacht hatte, als sie für ein paar Tage bei Helena zu Hause gewesen war. Sie hatte sich gefragt, wo sie das Ding liegengelassen hatte. Er musste es gefunden haben, als er seine Tante besuchte.

»Als ich Helenas Haus verließ, nachdem ich ihr gerade meine tiefsten Gedanken und Gefühle für eine gewisse Höllenkatze gestanden hatte, war ich überrascht, in den Ställen ein sehr vertrautes Pferdegesicht zu sehen.«

Sie lächelte, denn sie wusste, dass er *ihr* Pferd gesehen hatte. »Aber wenn du wusstest, dass ich bei deiner Tante bin, warum bist du dann *hierher* gekommen?«

Er drückte sanft ihre Hüften, damit sie sich bequemer auf seinem Schoß niederließ. »Wenn ich dich im Haus meiner Tante zur Rede gestellt hätte, hättest du dich vielleicht gezwungen gefühlt, alles zu tun, was ich verlange, wenn ich dich so in die Enge treibe. Aber wenn du dich entschließen würdest, mich zu suchen, dich mir wieder in den Weg zu stellen, dann wüsste ich, dass du mich willst. Deshalb habe ich Helena einen Brief geschickt, in dem ich ihr mitteilte, dass ich vorhabe, in Penzance nach dir zu suchen. Ich wusste, dass sie es dir sagen würde. Wenn du nicht gekommen wärst, wüsste ich, dass du dein Leben allein weiterleben wolltest. Und wenn doch ...«

Er ließ den Satz unvollendet, denn sie wussten beide, was dies für sie bedeutete. Er drückte ihr die Schnitzerei in die Hand, und sie schloss ihre Finger schützend darum. Sie hatte diese Figur mit seinem Gesicht gemacht, damit sie ihn immer bei sich tragen konnte.

»Und wenn ich dir hierher folgen würde, dann nur, weil ich dich in meinem Leben brauchte«, beendete sie leise, während sie tief in diese whiskeybraunen Augen blickte, die sie immer gefangen hielten. »Ich hatte dich bereits in meinem Herzen.«

Seine Augen wurden so sanft, dass sie eine Gänsehaut bekam, und er zog sie enger an sich.

»Ich fürchte, der Mann, den du kennengelernt hast, der befehlshabende Mann, der viel zu viele Meinungen hat, von denen du wahrscheinlich mit der Hälfte nicht einverstanden bist, ist der Mann, der ich wirklich bin. Kannst du es ertragen, damit zu leben ... mit *mir*?«

Sie lächelte ihn an. »Ich kann mir nicht vorstellen, dass irgendjemand außer einer Höllenkatze wie mir das aushalten könnte, also sollte ich es wohl besser tun«, stichelte sie. »Es ist gut, dass ich wahnsinnig in dich verliebt bin, auch wenn du unvernünftig bist und ...«

Er drückte ihr einen Finger auf die Lippen, um sie

zum Schweigen zu bringen: »Ich glaube, du sagst diese Dinge nur, damit ich dich wieder übers Knie lege.«

Bridget kicherte. »Vielleicht tue ich das ... aber ich liebe dich.«

»Wahnsinnig?«, fragte er, und seine Lippen zuckten.

»Fürchterlich wahnsinnig«, stimmte sie zu.

»Gut, dann werden wir zusammen verrückt vor Liebe sein.« Trystan spielte mit dem Bändchen an ihrem Kinn. »Ich nehme an, Marvella wartet irgendwo auf dich?« Die Unruhe, derer sie sich bei ihm immer so bewusst war, schien verschwunden zu sein. Er sah aus, als ob er für den Rest seines Lebens mit ihr auf dem Schoß hier hätte sitzen können.

»In meiner Kutsche«, sagte Bridget.

Sie starrte auf sein Gesicht und nahm seinen Anblick in sich auf. Sie hatte vermisst, wie seine whiskeybraunen Augen sie mit ihrer Wärme einhüllten und wie es sich anfühlte, wenn seine großen, eleganten Hände sie hielten. Sie hatten so wenige solcher Momente miteinander verbracht, und diese süße Intimität zwischen ihnen war noch so neu. Sie vermisste sogar die Art und Weise, wie er sie herumkommandierte und sie mit seinen dummen Lektionen zur Frustration trieb. Wenn sie jetzt auf all diese Momente zurückblickte, wurde ihr klar, dass sie sich gleich an jenem ersten Tag in ihn verliebt hatte.

»Ich habe gehört, was du Lady Helena erzählt hast, alles«, sagte sie nach einem Moment.

Seine Augen erwärmten sich noch mehr. »Ich kam mir wie ein Narr vor, als ich ihr das alles erzählte, aber danach fühlte ich mich frei. Ich wusste nicht, dass du in diesem Raum warst und zugehört hast.«

»Es tut mir leid. Ich war im hinteren Teil, in der Sitzecke. Wir hatten uns unterhalten, als sie hörte, wie du angekommen bist, und sie sagte mir, ich solle mich verstecken.«

Trystan lächelte. »Gerissenes Weib. Ich hatte schon vermutet, dass sie etwas in dieser Art geplant hatte.

»Sie ist sehr klug«, stimmte Bridget zu.

Er begegnete ihrem Blick. »Was sollen wir also tun, meine kleine Höllenkatze? Soll ich dir den Hof machen wie einer richtigen Lady? Und dann, an einem schönen Frühlingstag, werde ich vor dir niederknien und dich bitten, mich zu heiraten?«

Sie strich mit ihren Fingern über seinen Nacken und streifte mit ihren Nägeln leicht über die Haut, so wie sie wusste, dass er es mochte.

»Vielleicht solltest du mich *jetzt* einfach vor einen Pfarrer zerren, bevor ich wieder wegfliege.«

»Und einen noch größeren Skandal verursachen?«, fragte er. Die Sorge färbte seinen Tonfall ein wenig.

»Wer kümmert sich schon um solch triviale Dinge?«, entgegnete sie in aller Ernsthaftigkeit. »Kent und Graham würden mich doch nicht direkt schneiden und nie wieder mit mir sprechen, oder?«, erkundigte sich

Bridget und war sich sicher, dass sie wusste, was er sagen würde.

»Natürlich nicht«, antwortete Trystan ohne zu zögern.

»Dann werden es deine anderen Freunde auch nicht tun«, versicherte sie ihm.

Er schaute sie an, die warmen braunen Augen immer noch besorgt. »Du würdest es riskieren, eine Gräfin zu sein?«

Sie senkte ihr Gesicht zu seinem und küsste ihn, wohl wissend, dass sie sich mitten in einer schmutzigen Taverne befanden, aber es war ihr völlig egal.

»Es ist mir *egal*, eine Gräfin zu sein. Mir geht es nur darum, mit *dir* zusammen zu sein.« Sie knabberte an seiner Unterlippe, was ihn leise stöhnen ließ.

»Wir sollten lieber gehen, bevor *ich* derjenige bin, der einen Skandal verursacht.« Er warf ein paar Münzen auf den Tisch, bevor er sie von seinem Schoß hob und sie aus der Taverne führte.

»Marvella kann uns mit deiner Kutsche folgen. Du und ich nehmen meine, damit wir uns unterhalten können.«

Sie folgte ihm, während er den beiden Kutschern und Marvella die Situation erklärte, und öffnete dann die Tür seines Wagens für sie. Er reichte ihr die Hand, um hineinzuklettern.

»Meine schöne Lady ...«, neckte er.

»Bin ich eine schöne Lady?«, fragte sie lachend.

»Die Schönste. Weil ich es dir beigebracht habe.«

»Ach was, Schickimicki«, schoss sie frech zurück. »Ich glaube eher, ich habe *dir* einiges beigebracht.«

»Das wirst du mir büßen, du Wildfang«, warnte er mit einem unanständigen Schimmer in den Augen.

»Das hoffe ich sehr.« Sie hob das Kinn und wackelte absichtlich mit dem Hintern, bevor sie sich in die Kutsche setzte.

Trystan kletterte nach ihr hinein und schloss die Tür. Er zog sie wieder auf seinen Schoß und hielt sie fest, dann zerrte er wieder an ihrem Haubenband.

»Du siehst ganz köstlich aus«, sagte er. »Ich könnte tagelang an dir knabbern.«

Bridget strahlte ihn an. »Ich habe mir mehrere neue Kleider und einen Badeanzug anfertigen lassen.« Sie löste die Bänder ihrer Haube und warf sie auf die gegenüberliegende Bank.

»Erzähl mir von all deinen Abenteuern. Ich will alles hören.«

»Alles?«

»Vor allem darüber, wie du am Strand schwimmen warst.«

Sie gluckste. »Es könnte ein paar Tage dauern, um alles zu erzählen.«

»Zum Glück haben wir noch den Rest unseres Lebens.« Trystans Blick wurde weicher, und sie wollte mit ihm verschmelzen, um nie wieder von ihm getrennt zu sein.

»Das tun wir, nicht wahr?«, sagte sie mit einem süffisanten Grinsen. »In diesem Fall gibt es noch *andere* Dinge, die ich zuerst erledigen möchte.« Sie spielte mit seinem Halstuch und wand sich auf seinem Schoß.

Der wölfische Blick in seinen Augen kehrte zurück. Er wühlte mit der Hand in ihrem Haar und küsste sie grob, genau so, wie sie es mochte. Ein Teil dessen, was sie an Trystan reizte, war, dass er sie nie so behandelte, als ob sie in den Momenten ihrer gemeinsamen Leidenschaft zerbrechen könnte. Sie erwiderte den Kuss ebenso heftig, und schon bald mussten sie sich voneinander lösen, um zu Atem zu kommen.

Er umfasste ihr Gesicht mit seinen Händen und grinste. »Ich werde mit dir Liebe machen.«

»Hier?«

»Oh ja. Hebe deine Röcke, meine Höllenkatze.« Sie schob ihr Kleid schnell bis zu den Hüften hoch, und er half ihr, sich auf ihn zu spreizen, dann befreite er sich aus seiner Hose. Er positionierte sie über sich, packte ihre Hüften und zog sie hart und schnell auf sich herunter.

Sie keuchte überrascht auf, als sie sich auf ihm aufspießte. »Oh Trys!« Das fühlte sich ganz anders an als das letzte Mal, als er mit ihr geschlafen hatte. Sie fühlte sich auf eine ganz andere Weise gefüllt.

»Das ist es, kleine Katze, reite mich ...«, stöhnte er und rollte seine Hüften gegen ihre.

Ihr Earl war der verruchteste Mann, den sie je gekannt hatte, und sie wollte nie wieder ohne ihn sein. Sie waren vollständig bekleidet, und doch glitt sie an seinem Schaft auf und ab, ihre Körper bewegten sich, als wären sie ein einziges Wesen. Sie klammerte sich an ihn und schlang ihre Arme um seinen Hals, als sie seine Lippen in einem feurigen Kuss traf, der ihr Herz, ihren Körper und ihre Seele entzündete.

Minuten später brach sie mit einem Schrei auseinander und sank auf ihm zusammen. Er hielt sie fest, streichelte ihr Haar und küsste ihren Scheitel.

»Das war einfach herrlich«, murmelte sie schläfrig und schmiegte sich an ihn. »*Und* skandalös.«

»Das ist erst der *Anfang*, Höllenkatze.« Sein dunkles Versprechen von noch mehr Leidenschaft brachte sie zum Lächeln.

»Ich wusste von dem Tag an, als ich dich zum ersten Mal sah, dass du gefährlich bist«, sagte Bridget.

»Gefährlich?«, echote er fasziniert.

»Ja, gefährlich.«

»Ich glaube eher, dass *du* die ganze Zeit die Gefährliche warst. Gefährlich für mein Herz, kleine Höllenkatze.«

Drei Wochen später ...

Die Überreste des üppigen Hochzeitsfrühstücks waren aus dem Speisesaal geräumt worden, und alle Hochzeitsgäste hatten sich in ihre Privaträume in Trystans großem Haus zurückgezogen, um sich vor dem Abendessen auszuruhen.

Tief in der Bibliothek saß Bridget auf einer Liege im Sonnenlicht, hielt ein Buch in der Hand und las. Trystans Kopf lag in ihrem Schoß, als er sich auf der Couch ausstreckte und die Augen schloss, während er döste. Ihre Finger fuhren träge durch die seidenen Strähnen seines Haares. An diesem Morgen hatte sie ihm in der kleinen Gemeinde ihr Eheversprechen gegeben und war dann in das Sonnenlicht hinausgetreten, ihre Hand auf seinem Arm, während ihre Freunde ihnen Reis und Münzen zuwarfen, als sie zu ihrer offenen Kutsche gingen. Die Kinder des Dorfes waren umhergesprungen und hatten die glitzernden Münzen auf dem Boden eingesammelt. Alle hatten gejubelt. Eine Menge Männer und Frauen aus den höchsten Kreisen der Gesellschaft waren zu der Hochzeit gekommen, aber alle waren vertraute Freunde von Trystan.

Bridget wusste, dass ihre Vergangenheit wahrscheinlich irgendwann ans Licht kommen würde, aber das war ihr egal. Als sie heirateten, wusste die ganze Stadt

Zennor bereits, dass sie nichts weiter als ein gewöhnliches Kneipenmädchen war, aber nach einer Weile beruhigte sich der Klatsch. Die Dorfbewohner sagten, Trystan sei immerhin selbst ein halber Romani, und es sei da nicht zu erwarten gewesen, dass er etwas Gewagtes tun würde?

Bridget nahm alles gelassen hin, denn sie hatte die volle Unterstützung von Trystan und seinen Freunden. Es war ihr egal, dass bestimmte Türen für sie verschlossen bleiben oder dass manche Einladungen nie kommen würden. Nein, ihr ging es darum, Zeit mit Trystan und ihrem wachsenden Freundeskreis zu verbringen, dem es egal war, woher sie kam. Ihre Abenteuer mit Trystan waren noch lange nicht vorbei, und keines dieser Abenteuer fand in Ballsälen statt.

Lady Helena hatte Recht. Sie hatte sich selbst. Sie hatte bewiesen, dass sie ihre Umstände und ihre Situation ändern konnte. Sie würde sich ihr Glück nicht von ein paar Wichtigtuern und Klatschbasen verderben lassen. Alles, was zählte, war, was sie von sich selbst dachte. Daraus bezog sie ihre Kraft.

»Weißt du ...«, sagte Trystan plötzlich. Bridget schlug ihr Buch zu und sah zu ihm hinunter.

»Hmm?«

»Ich hatte es völlig vergessen, aber letztes Jahr war eine Gruppe von Romani für einige Wochen auf meinem Land. Nichts Ungewöhnliches, das habe ich schon mal gemacht. Die alte Mutter ihres Stammes sagte mir, dass ich eines Tages die Frau finden würde, die für mich bestimmt ist.«

»Ich bin sicher, dass sie das zu jedem sagen würde, der so freundlich ist, sie bleiben zu lassen.«

»Vielleicht. Aber sie hatte gesagt, ich würde vor dir weglaufen, und das tat ich auch … Es war ein Wunder, dass du mein törichtes Herz genug geliebt hast, um mir zu folgen. Du bist alles, was ich je zu lieben hoffen konnte.« Er gluckste leise. »Ich dachte immer, dass es der beste Weg wäre, dich aus Lehm zu formen, um die perfekte Frau zu schaffen. Aber du hast mich eines Besseren belehrt. Du hast deinen eigenen Kopf, dein eigenes Herz, und das schätze ich an dir.«

Bridget starrte ihren Mann an, dann das Buch über griechische Mythologie, in dem sie gelesen hatte. Sie strich mit einer Fingerspitze an Trystans gerader Nase entlang, hinunter zu seinem sinnlichen Mund. Er küsste ihre Fingerspitzen, und sie lächelte.

»Ich habe über Graham nachgedacht«, sagte sie.

Ihr Mann setzte sich abrupt auf. »Nichts Schlimmes, hoffe ich.«

Sie kicherte und kuschelte sich an ihn, wobei sie ihr Kinn auf seine Schulter legte und ihn ansah.

»Nein, ich dachte daran, mit dir eine Wette über ihn abzuschließen.«

Trystan entspannte sich und küsste sie auf die

Nasenspitze. »Du hast mein Ohr. Woran genau hast du gedacht?«

»Während meines Aufenthalts in London mit Marvella lernte ich die zauberhafteste Frau Londons kennen. Sie arbeitet in einem Blumenladen. Ich denke, er würde gut zu ihr als Ehemann passen und sie wäre eine ausgezeichnete Ehefrau. Von Natur aus sind sie ziemlich gegensätzlich, aber wie wir festgestellt haben, können Gegensätze sich durchaus anziehen. Ich wette, ich kann ihn dazu bringen, sie zu heiraten.«

Ihr Mann stieß ein dröhnendes Lachen aus.

»Das wäre ein Spaß. Was steht auf dem Spiel?«

»Wenn es mir nicht gelingt, ihn zur Heirat zu bewegen, hast du gewonnen, und ich lasse dich ...« Sie beugte sich vor und flüsterte ihm etwas furchtbar Verruchtes ins Ohr. Seine Augen weiteten sich.

»Du wärst bereit, das zu versuchen?«, fragte er und warf ihr einen spielerischen, anzüglichen Blick zu.

»Oh ja. Aber wenn ich gewinne ...« Sie tippte sich nachdenklich ans Kinn.

»Wenn du gewinnst ...« Er lächelte. »Dann werde ich alles tun, was du dir wünschst, Frau, denn alles wird ein Traum sein, solange ich bei dir bin ... Angefangen mit der Reise nach Paris, die du zusammen mit Marvella geplant hast.«

Sie drückte ihn zurück auf die Liege und kroch auf seinen Schoß, um sich auf ihn zu spreizen.

»Vielleicht sollten wir unsere Bedingungen *weiter besprechen* ...« Sie begann, sein Halstuch zu öffnen, während er gleichzeitig die Schnürung am Rücken ihres Kleides aufzog.

Das Buch, in dem sie gelesen hatte, fiel zu Boden und öffnete sich zu dem griechischen Mythos, den sie gerade zu Ende gelesen hatte. *Pygmalion.*

⁂

Mrs. Story hielt an der geschlossenen Bibliothekstür inne und grinste, als sie das Kichern und Lachen von drinnen hörte. Ein Lakai stand neben der Tür, sein Gesicht leicht gerötet, und er wusste genau, was sein Herr und seine Herrin da drin gerade taten.

»Sorg dafür, dass sie nicht gestört werden«, sagte sie ihm.

»Jawohl, Mrs. Story«, nickte er.

Zufrieden damit, dass der Junge Wache halten würde, kehrte sie zu ihren Pflichten zurück und räumte nach dem Hochzeitsfrühstück auf. Das Haus war immer noch voller Gäste, und sie hatten eine Menge zu tun, um das Abendessen vorzubereiten.

Einer dieser Gäste kam die Treppe herunter, als sie vorbeikam. Er war in Reithosen gekleidet und zog sich im Gehen ein Paar schwarze Reithandschuhe an.

Sie begrüßte den gut aussehenden Herrn. »Guten Tag, Mr. Lennox.«

»Guten Tag, Mrs. Story. Könnten Sie jemanden beauftragen, mein Pferd zu bringen?«, fragte er.

»Ja, natürlich, aber passen Sie auf sich auf, wenn Sie sich weit vom Haus entfernen. Es gibt einen bösen Wegelagerer, der in der letzten Woche Kutschen und Reiter ausgeraubt hat.«

Mr. Lennox' Augen weiteten sich. »Ein verruchter Wegelagerer? Was Sie nicht sagen ...«

»Oh ja, man sagt, er sei charmant, aber das heißt nicht, dass er nicht gefährlich ist.«

»Danke für die Warnung, Mrs. Story«, sagte Mr. sagte Lennox mit einem äußerst seltsamen Lächeln.

Ein paar Minuten später ging sie wieder an den Fenstern vorbei und sah Mr. Lennox, der gerade sein Pferd bestieg. Als er davon ritt, entfaltete sich sein großer Mantel hinter ihm.

Vielen Dank, dass Sie *Der Earl von Zennor* gelesen haben! Weitere spannende Geschichten aus der Liga werden bald folgen! Alle meine anderen Bücher in deutscher Sprache finden Sie hier: https://laurensmithbooks.com/genre/german/

ÜBER DEN AUTOR

Lauren Smith ist tagsüber eine amerikanische Anwältin. Bei Nacht schreibt die Autorin abenteuerliche Liebesgeschichten im Lichte ihrer Smartphone-Taschenlampe. Sie wusste, dass sie dazu bestimmt war, eine Romanautorin zu sein, als sie versuchte, den gesamten Titanic-Film neu zu schreiben, nur um Jack vor dem Ertrinken zu bewahren. Sich mit ihren Lesern zu verbinden, indem Sie emotional bewegende, realistische und sexy Romanzen schreibt – egal in welchem Zeitraum diese spielen – ist ihre Leidenschaft. Lauren hat mehrere Preise in verschiedenen Romantik-Subgenres gewonnen.

Um mit Lauren in Verbindung zu treten, besuchen Sie sie unter:
www.laurensmithbooks.com
lauren@laurensmithbooks.com

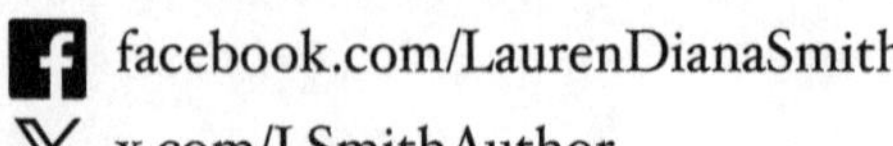 facebook.com/LaurenDianaSmith
x.com/LSmithAuthor
instagram.com/Laurensmithbooks

www.ingramcontent.com/pod-product-compliance
Lightning Source LLC
Chambersburg PA
CBHW022126310726
48972CB00007B/2209